La memoria

1159

DELLA STESSA AUTRICE
in questa collana

Di Concetta e le sue donne
Il falsario di Caltagirone
La ragazza di Marsiglia

nella collana «Il contesto»

Il condominio di Via della Notte

nella collana «Il divano»

Correva l'anno 1698 e nella città avvenne
il fatto memorabile

Maria Attanasio

Lo splendore del niente e altre storie

Sellerio editore
Palermo

Questo volume è stato stampato su carta Grifo vergata prodotta dalle Cartiere di Fabriano con materie prime provenienti da gestione forestale sostenibile.

Attanasio, Maria <1943>

Lo splendore del niente e altre storie / Maria Attanasio. – Palermo: Sellerio, 2020.
(La memoria ; 1159)
EAN 978-88-389-4027-9
853.914 CDD-23 SBN Pal0322799

CIP – *Biblioteca centrale della Regione siciliana «Alberto Bombace»*

Lo splendore del niente
e altre storie

Per Elvira, la sempreviva signora delle storie

Ciò che lascia ancora fantasticare è la quantità e l'intensità delle spinte oscure che ci hanno così diretti verso un nome, un fatto, un personaggio piuttosto che verso un altro. Ma qui entriamo nella foresta senza più sentieri.

MARGUERITE YOURCENAR,
Il tempo, grande scultore

Frammenti di un'oscurata genealogia

> Confitto nello spazio e nel tempo come un seme infruttuoso, ascolto il respiro polveroso dei secoli, il nostro e quello di Artemisia, congiunti.
>
> ANNA BANTI, *Artemisia*

Si nasce per caso in un luogo, che può diventare scelta, destino.

E destino di scrittura è stata per me Caltagirone, l'immaginaria Calacte della maggior parte di questi racconti, le cui storie risalgono dall'anonima verticalità di tempi ed esistenze oscuramente pulsanti tra le statiche quinte di piazze e conventi, di carruggi e palazzi.

Storie soprattutto di donne – ribelli non rassegnate – di cui spesso resta solo un gesto, un dettaglio, impigliato in vecchi libri o nelle scritture di cronisti locali: frammenti dell'immemore genealogia delle madri, che arrivano a me, si insediano in me, fino a quando – con uno spostamento di prospettiva storica, e una forte compenetrazione empatica – non restituisco loro parola e identità. Restituendola anche a me stessa.

È nella narrazione – scrive Paul Ricoeur in Tempo e racconto – *che la temporalità diventa soggetto e oggetto di scrittura, nel doppio senso di tempo narrativo e tempo narrato; la finzione letteraria colma infatti le zone d'ombra, riempie il silenzio del vissuto che nessun archivio registra e tramanda.*

Ricostruendo, tra immaginario storico e tracce documentali, il pensare e l'operare di Catarina, Francisca, Annarcangela, Ignazia, ma anche delle protagoniste degli altri racconti – appartenenti a una diversa spazialità, ma alla stessa genealogia passata sotto silenzio – la mia vita si è fusa con la loro in una sorta di transfert, di autobiografia traslata nel tempo dell'esclusione dal linguaggio che ha caratterizzato l'identità di genere; dove però è possibile ritrovare sorprendenti storie di coraggio e di resistenza alla discriminazione e all'ingiustizia.

Pensieri, gesti, sentimenti, bisogno di riscatto, che dal secolo dei Lumi irrompono nella contemporaneità facendosi scrittura della presenza: *confitta nell'accadere – qui, adesso – da esso lasciandosi attraversare, con esso inevitabilmente confrontandosi.*

E talvolta scontrandosi.

Delle fiamme, dell'amore

I

Erano stati mesi d'incubo, quelli seguiti alla fatale scossa di terremoto dell'11 gennaio del 1693, per la popolazione che, fuggita precipitosamente, a fine marzo era ancora accampata nell'arenoso altopiano a sud della città: i nobili in solide ville, i plebei in ripari di fortuna e senza mezzi di sussistenza per la lunga e inattiva permanenza in campagna. Vuote si erano infatti rivelate le promesse di provvidenze fatte dalle autorità cittadine e pomposamente riconfermate dallo stesso Vicario Generale del Viceré, il duca di Camastra, venuto di persona a Calacte. Sebbene la terra continuasse a tremare, rendendo sempre più credibile l'avvento di un'universale Apocalisse vaticinata da un invasato frate cappuccino, il frequente andirivieni dalla città si era trasformato agli inizi di aprile in stabile trasloco in essa.

I cittadini non erano però tornati direttamente nelle loro abitazioni – molte delle quali pericolanti o crollate – ma, ottenuto il permesso del Senato, avevano eretto baracche di legno negli spiazzi all'interno della città e soprattutto a ridosso delle mura: nel caso di nuovi scuotimenti più agevole sarebbe stata la fuga e più certa la salvezza.

In tali agglomerati era ripresa una regolare seppure stentata vita urbana con punti di smercio e baracche per le funzioni religiose; responsabili della vigilanza e dell'ordine pubblico erano gli stessi cittadini, a ognuno dei quali era stata affidata un'arma da fuoco per la guardia.

Il mastro carpentero Giacomo e la moglie Catarina avevano costruito la baracca poco lontano dalla loro abitazione, nella spianata tra la Loggia e la Giudecca, alle spalle delle Corti e del Grande Archivio delle Scritture.

Ma nella città, da cui in quel tremendo pomeriggio di pioggia e terremoto erano usciti in due, erano rientrati in tre; la stessa notte del terremoto, nell'ovile dove avevano trovato un occasionale rifugio, Catarina aveva prematuramente partorito: era nata, come Gesù bambino in un pagliaio, la loro prima figlia che perciò avevano chiamato Salvatora.

In mezzo a quel generale sovvertimento della terra, del cielo e di ogni umana costumanza era stato lo stesso marito a fare da levatrice, aiutato dal barbuto pastore che come un'improvvisata madre le tergeva il sudore. Appena sgravata, Giacomo con finta contrarietà le aveva annunciato: «È munachedda», subito però scoppiando a ridere. Scoppiò a ridere anche Catarina: un riso esausto ma di segreta intesa con lui che ogni sera, per mesi, aveva bussato alla sua pancia chiedendo al nascituro: «Sei masculo o fimina, munachedda o munacheddu?».

«Munachedda» era sempre la pronta e immancabile risposta di lei.

«Munacheddu» affermava ilare e perentorio lui addormentandosi con la mano appoggiata al suo ventre in ascolto dell'ignota e scalcitante creatura.

Rientrati in città, Giacomo ogni giorno si recava nella loro casa per cercare di rimetterla a posto il più velocemente possibile, ma dopo una settimana era accaduta la disgrazia: una trave si era staccata dal malfermo tetto spezzandogli una gamba e costringendolo a letto dove, quel 26 aprile, ancora incapace di reggersi in piedi si trovava.

Un impetuoso vento di tramontana, quel giorno, s'insinuava gemendo tra baracche e rovine.

II

«Appena finisce torno subito» lo rassicurò Catarina uscendo dalla baracca e a malincuore lasciando il suo mastro carpentero, malinconicamente inoperoso e con scuri pensieri disteso sul giaciglio. Ma non poteva mancare alla solenne funzione di ringraziamento per il rientro in città. Preti e monaci avevano girato baracca per baracca: alta e forte doveva levarsi la preghiera di tutto il popolo alla Divina Misericordia, affinché ponesse fine a disagi e scuotimenti.

S'attorcigliò fittamente lo scialle attorno alle spalle per riparare dalle fredde raffiche la neonata che al suo capezzolo già quietamente dormiva, lestamente avviandosi verso la parte opposta della città, nella grande chiesa-baracca presso la Porta di San Leonardo.

Evitò di passare accanto alla sua semidistrutta casa, ma la sua mente ritornò lo stesso al rassicurante chiacchierio delle galline nel catoio, al mattutino pestìo di muli e di carretti nella strada, al marito che la domenica, alla mezza, ritornava dalla piazza col torrone, la calia dolce, la cubaita: come se ci fosse stato uno sponsalizio, una natività; invece solo per lei li portava.

A se stessa pensava, che un tempo nella sua casa era signora, e adesso all'aria aperta come criata senza padrona.

Inaccessibili come le morte sembianze di un volto amato, le riapparvero i piccoli eventi di quella domenica di terremoto: si rivide nella quieta mattina a trafficare tra le stanze e il catoio, rassettando la casa, riempiendo di vino la cannata, impastando, contenta, la pasta festiva per il marito.

Nulla che facesse prevedere il folle starnazzare delle galline, l'esplosione sanguigna delle botti, l'interminabile tuono dentro la terra: l'accetta che d'improvviso, a ventun'ora, aveva spaccato in due quella domenica.

E spenta, tutta quanta ammutolita, la vita nei carruggi e nei palazzi.

Istintivamente guardò verso il Grande Orologio della Città che un tempo segnava il movimento del sole, e la casa in cui esso ogni mese entrava, e i moti e i quarti della cangiante luna. E tutti – il sole, la luna e le vaghe immagini delle costellazioni – allo scoccare della seconda ora della notte, uscivano dal buio fondale del campanile e giravano in tondo attorno all'orologio, con cento colpi annunciando a tutta la città la fine delle fatiche diurne e il tempo del ritiro per gli uomini e le bestie.

Sparsi tra gli alberi del Piano di San Giuliano nei giorni festivi molti cittadini – qualche volta anche lei e suo marito – restavano a guardare l'uscita dei dorati simulacri degli astri che la sublime macchina dell'orologio meravigliosamente metteva in movimento, mentre il cielo sempre più impallidiva a poco a poco cedendo il suo azzurro al buio della sera.

Ma il Grande Orologio e l'altissimo campanile dell'insigne Collegiata erano caduti insieme a tutte le campane e a tutti gli orologi della città.

Era rimasto all'impiedi, in cima alla collina, soltanto il campanile dei Padri Agostiniani; ma quando il tocco della sua campana risuonava, tutti fuggivano atterriti: non era mano di prete, né tirata di campanaro, ma nuovo scuotimento che orribilmente la faceva risuonare.

Lesta e mesta camminava Catarina in quel crepuscolo senza suono di campana né tocco d'oriolo, a Dio affidando il destino dell'invalido marito e quello ancora più incerto della bambina che con le sue affamate labbruzze aveva ripreso a succhiare.

III

Il leggero e persistente odore di bruciato, che dopo l'inizio della funzione si era diffuso nell'affollata chiesa, era divenuto sempre più acre e soffocante, sovrapponendosi del tutto a quello intenso e aromatico dell'incenso.

Il lento salmodiare dei fedeli dapprima sbandò, poi definitivamente s'arrestò, ma prima che il prete potesse trovare una risposta alla muta e allarmata domanda che lesse nei loro occhi, irruppe l'echeggiare molteplice di un grido: «Al fuoco».

Catarina si precipitò fuori insieme agli altri all'unisono guardando verso la parte alta della città, vide una densa nube avvolgere la Loggia e le sue Corti, incombere minacciosa sulle baracche che ad esse si appoggiavano: sulla baracca dove, ciunco e solo, giaceva suo marito.

Si ritrovò in mezzo a un vociante flusso che dalle zone basse della città, dalle baracche tutt'attorno alle mura, risaliva convergendo verso la Loggia, ma per il fumo soffocante da quella parte era impossibile accedervi. Poco prima di arrivarvi un improvvisato servizio d'ordine bloccò l'avanzata della gente che compatta deviò da un'altra parte. Catarina si staccò dalla folla, sparendo veloce in un labirinto di scale e carruggi.

IV

Era l'inferno, il giorno del giudizio.

Dal convento di Santo Stefano, sotto la Giudecca, dove era iniziato l'incendio, un'ardente cortina tagliava in due la città risalendo crepitante verso le Corti, con altissime fiammate ardendo case e suppellettili scampate al terremoto. Il vento, che impetuoso dilatava il fuoco in mille incendi, spinse delle frasche accese alle finestre del Grande Archivio delle Scritture. Qualcuno se ne accorse, diede l'allarme.

Il grido rimbalzò da quartiere a quartiere, da baracca a baracca, da cittadino a cittadino.

L'orrore e lo sgomento passarono su ogni volto. Nel Grande Archivio della Città, sottratta ai capricci del volubile presente la vita diveniva memorabile cronologia, scrittura che congiungeva al futuro eventi passati e generazioni: senza quei segni minuti e fitti su carte e pergamene – memoria e storia, stabilità di nome e certezza d'esistenza – la città, smemorata, sarebbe caduta in un confuso presente, e i cittadini, senza appartenenza, confusi a fiere erranti nelle campagne, ad anonime api in alveare.

Questo, ogni analfabeta cittadino lo sapeva.

Accorsero tutti, nobili, artigiani, preti, braccianti, ma anche donne, bambini, vecchi; con una lunghissima catena umana, passandosi di mano in mano incunaboli e pergamene, cercarono di sottrarli al fuoco, mentre il fumo diventava sempre più soffocante e le fiamme sempre più avvolgenti. Dovettero infine abbandonare tutto.

Ma la maggior parte delle scritture era ormai in salvo, e con esse il tempo e il nome della città, che di nuovo poteva riprogettare il futuro, dalla sua memoria rinascere più nuova e più bella.

V

Catarina non avvertiva nulla di ciò che accadeva attorno a lei, nemmeno le lacrime e il pianto a dirotto di Salvatora. Il fumo, le grida, i palazzi in fiamme erano soltanto respiro affannato, interminabile corsa tra i carruggi, il volto del marito nella mente che tra le vampe disperatamente la chiamava.

Dopo un intricato percorso per aggirare la Loggia, giunse nella spianata dietro di essa, ai cui margini erano distese alcune monache con le tonache bruciacchiate e i corpi ustionati; altre, sedute, guardavano intorno stranite, improvvisamente sbalzate dalla clausura in quella piazza.

Si fece largo a spintoni, a gomitate, tra la ressa di uomini e donne, venuti da altri quartieri a portare soccorso agli ustionati, ad aiutare i baraccati a portar fuori e mettere in salvo ciò che potevano.

Ma già le fiamme lambivano baracche e suppellettili che furono in fretta e furia definitivamente abbandonate, mentre le autorità cittadine e gruppi di volontari allontanavano a forza i renitenti.

Per ultimo uscì un uomo da una baracca, «Bastardazzo! Senza pietà!» urlava minaccioso e, brandendo un coltello, sparì in mezzo al fumo dietro l'invisibile nemico.

Ormai a distanza di sicurezza la folla guardava in silenzio le fiamme investire le prime baracche mentre una dopo l'altra cominciarono a esplodere le armi in esse gelosamente custodite.

«Marito mio!» gridò.

Con la bambina appesa al collo Catarina attraversò di corsa la spianata, slanciandosi nella sua baracca.

Altissimo l'urlo della folla; poi, in un silenzio attonito, il rapido crepitare delle fiamme da baracca a baracca, da esplosione a esplosione fino a quella di Catarina. Avvolgerla infine, incenerirla.

Sul vano della porta – in un braccio la figlia, all'altro appoggiato il marito – Catarina arse come una torcia.

VI

«Senza vossia, non ce n'è mondo!», queste, dicono, furono le sue ultime parole mentre cercava di trascinare fuori il marito dalla baracca in fiamme.

Ma Catarina, in quell'attimo estremo del suo esistere, non poteva più parlare, né gridare, né sospirare: la bocca, la gola, gli occhi, la mente erano fumo, vampa, artiglio incandescente.

La folla tuttavia distintamente le percepì: atone parole d'amore a cui pietosa diede suono e segno. Le ricompose: scrittura che tra pergamene e incunaboli nel grande Archivio della Città ancora si conserva.

Correva l'anno 1698 e nella città
avvenne il fatto memorabile

Premessa
Del terremoto, della città, del suo cronista

I

Calacte è città di vasai fin dalla preistoria, prima che Calacte fosse Calacte.

Ma anche di aggrovigliate migrazioni.

Gli arabi le diedero il nome e la topografia – le strade strette, tortuose, gli imprevedibili slarghi: così simili alla casbah di Tunis o di Tanger –, ne connotarono la lingua – un dialetto tutto pieno di "u", aspirate, gutturali – e i tratti somatici degli abitanti.

Poi altri transiti: normanni, genovesi – che quelle strette strade chiamarono carruggi –, ebrei, francesi, aragonesi. Gli spagnoli infine. Il Seicento: un vissuto che ancora pulsa nei muri dei palazzi, nelle icone sbiadite, nelle grate ferrigne dei conventi.

La storia di Calacte, che *città gratissima*, per le sue laute donazioni, la monarchia spagnola nominò, è simile a quella di tutte le città demaniali siciliane: storia di nobili e conventi, di artigiani e querceti, di libertà civiche e schiavitù di classe, di una campagna avara e splendente, tante volte teatro di sanguinose jacqueries, della scrittura devota degli umili cronisti; quei «commoventi ricercatori di glorie civiche» – così li definiva Benedetto Croce, che ne sottolineava la pazienza e l'utilità – nel cui lavoro, oscuro e senza gloria, macrocosmo e microcosmo, individuo e collettivo coincidono, tra le venature delle civiche narrazioni talvolta risuonando l'eco di un quotidiano rimosso dall'ordinata sequenza dei destini generali.

Tra i cronisti di Calacte, il più singolare fu tale Polizzi, figliolo di Antonio e di nome Giacomo, che dal 1692 a due anni dalla sua morte, scrisse le cronache della città.

Ma i suoi manoscritti andarono perduti all'inizio del Novecento per un incendio, forse doloso, che, insieme a libri e incunaboli, mandò in fumo anche inquietanti testimonianze d'archivio: false donazioni, illeciti atti di vendita... Superstiti, solo pochi frammenti di una fedele trascrizione ottocentesca, dai quali emerge, in modo netto, una figura di cronista insolita in un secolo in cui una fatalità di classe, senza possibilità di riscatto, segnava l'individuo fin dalla nascita.

Non essendo né nobile, né prete, Polizzi sapeva a malapena leggere e scrivere, ancora bambino dal padre messo a bottega presso uno stovigliaio, dove imparò, presto e bene – e questo resterà il suo lavoro per tutta la vita –, a decorare utensili e suppellettili di terracotta.

Un giorno un amico gli portò da Palermo il libro di uno storico a lui contemporaneo, il *Diario* del Mongitore.

Fu una folgorazione: da semplice e illetterato pittore di stoviglie si trasformò, d'improvviso, in appassionato cronista della sua città.

Poveri forse gli apparvero i colori, e fragile l'argilla, rispetto alla scrittura: attraversando indenne guerre, carestie e terremoti, gli sembrò un suggello più forte e duraturo del bianco e dell'azzurro dei suoi smalti.

Ignaro delle leggi della retorica e della grammatica, si inventò sintassi e ortografia, e il suo linguaggio – straordinario pastiche di dialetto e lingua – divenne stile: dimensione testuale in cui si riflettono (e si mettono in gioco) sentimenti e umori, affetti e valori suoi e del suo mondo.

Non conoscendo affatto il corretto uso delle maiuscole e delle minuscole, Giacomo Polizzi, ad esempio, inizia con la maiuscola tutte quelle parole che, nel circoscritto mondo contadino di Calacte, sono sostanze, res quotidianamente esperibili, condizioni strutturali del vivere e del morire: Aria, Casa, Campagna, così come Ncarciaratu, Patrone, Inquesitore, mentre scrive in minuscolo ciò che da esso è lontano o astratto, si tratti pure di capitali o viceré.

E al di là di ogni precisa ricostruzione biografica è facile immaginarlo nel suo pianterreno ingombro di brocche, pentole, vasi di terracotta, dipinti e pronti per l'ultima cottura, la sera intento a scrivere alla debole luce della lumiera: i contorni degli oggetti incerti, le ombre più dense agli angoli della stanza, mentre fuori, nella vasta notte, abbaiano cani e sbattono porte.

Ma per lo scriba chino sulle sue carte, nient'altro esiste se non il tempo e la parola, la fiamma della candela vacillante nelle alte sere invernali.

Polizzi fu dunque scriba e vasaio, coniugò la terra e la parola, registrando – con la tensione comunicativa e la vivacità espressiva di chi, uscito da un millenario analfabetismo avverte finalmente docile lo strumento di potere del prete e del notaio – gli avvenimenti più importanti della città; eventi civici, ma anche episodi di vita quotidiana che, trasbordando dal privato, investivano l'immaginario collettivo, oggetto di lunghe e appassionate conversazioni, di diffuso sbrebiglio di uomini e donne nei carruggi di Calacte.

Passando davanti alla sua bottega, con la scusa di osservare una ciotola o un tegame, le donne spesso si fermavano a chiacchierare con lui, sollecitando il suo parere su intricate storie di conventi e principesse, di nobili amori e proletari tradimenti, di interminabili liti tra vicini, di piccole rivalse, di cattiverie dettate dal bisogno o dall'indole.

Un affanno profondo a volte lo prendeva per quell'umanità malnutrita, malvestita, dimenticata da Dio.

Perciò non aveva preso moglie.

«La vita» ripeteva alle donne che maliziosamente gli chiedevano quando si sarebbe deciso «è bella solo se raccontata. Dentro le parole non c'è freddo, né carestia, né paura: gli uomini possono soffrire senza dolore, mangiare senza pane, morire senza morte».

Ma trovandosi al di qua delle parole, nell'agitato e angustiato mare dell'esistenza, Giacomo Polizzi restò sempre celibe, votandosi attivamente ad una confraternita religiosa. La sua scelta non era certo del tutto ortodossa.

«Meglio darsi a Dio» diceva, ma darsi a Dio per lui significava sottrarre altre creature al ciclo delle nascite e della riproduzione, respingere l'umana sofferenza: «Dio vuole la castità perché non vuole che nascano infelici. Il terremoto. L'avete dimenticato?».

II

Il terremoto dell'11 gennaio del 1693 aveva sconvolto e distrutto molte città del Val Demone, e quasi tutte quelle del Val di Noto.

In quei tempi in cui superstizione e religione coincidevano, e forze divine e diaboliche venivano chiamate in causa per motivare o scongiurare cataclismi e ingiustizie, il senato cittadino, in seguito alle allarmanti ma non distruttive scosse dei giorni precedenti, aveva deciso di invocare la divina clemenza per mezzo del patrono San Giacomo, la cui chiesa, con un grande boato e un allucinato ondeggiare di statue e di colonne, crollò rovinosamente, rovesciando santi e ostie su fedeli e confraternite in preghiera.

Rovinarono le mura di cinta, il leggendario castello del conte Ruggero, un terzo degli edifici, mentre l'acqua nelle cisterne gorgogliava e rumoreggiava come marina tempesta. Per giorni i superstiti si aggirarono tra le macerie affannosamente, e senza speranza, alla ricerca di qualcuno o di qualcosa, mentre capre con le mammelle mortalmente rigonfie di latte girovagavano lamentosamente: dispersi i caprettini, e la mano umana, che mungendole poteva salvarle, non c'era più.

Il sisma, dai contemporanei vissuto come una catastrofe senza precedenti, sembra apocalitticamente concludere un secolo che fu, in Sicilia, un concentrato di disastri: ardua la sopravvivenza per le popolazioni lacerate da rivolte, stremate da epidemie – terribile la peste del 1626 –, falciate da ricorrenti carestie (ben sei, l'ultima, quella del '70-72, provocò a Calacte 2.000 morti); difficile anche scampare alla giungla di tribunali ecclesiastici, secolari, feudali. Bastava una bestemmia o trasgredire al precetto pasquale per perdere beni e dignità, marcire per anni in galera, mentre per presunti eretici, streghe, omosessuali, l'Inquisizione innalzava catartici roghi, veri e propri spettacoli, durante i quali nobildonne e cavalieri sgranocchiavano dolci e sorbivano fresche bibite.

Così grande fu la rovina di Calacte, così atterrita restò la coscienza collettiva, che ancora oggi, negli elettrificati carruggi, la sera dell'11 gennaio, si accendono grandi falò, quasi a rischiarare a distanza il buio e la paura di quella notte di tre secoli fa.

Il terremoto fu accompagnato da epidemie e carestie. Il lazzaretto si riempì di appestati, mentre gli altri, denutriti, senza ricovero e senza lavoro, sciamavano tra le case pericolanti.

Per il dinamismo del viceré Uzeda e dei suoi collaboratori – il duca di Camastra e Haedo – presto iniziò la ricostruzione: i nobili ne approfittarono per fare più grandi e luminosi i loro palazzi, i preti per ricostruire più belle e sfarzose le loro chiese in un barocco ormai cristallizzato e al crepuscolo. Il tardo barocco prima, e il liberty in seguito, sostituiranno del tutto le antiche architetture cinquecentesche e medievali di Calacte su una planimetria, dagli arabi a oggi, rimasta nei secoli immutata.

Giacomo Polizzi gettò via le suppellettili distrutte, puntellò la bottega e il retrobottega, che costituiva tutta la sua abitazione, sistemò alla meglio il tetto e con una più cupa visione del mondo riprese il suo lavoro di vasaio, con un fanatismo di neofita riprese quello di scriba.

Parte prima

Masculu fora e fimmina intra.

I

Era ancora buio fondo benché l'alba di una luminosa domenica d'aprile del milleseicentonovantotto fosse vicina.

Giacomo Polizzi, rimessi a posto pennelli e colori, dopo un'ultima preoccupata occhiata a piatti, vasi, boccali di argilla cotta, ancora in attesa di essere decorati, sprangò la porta e andò a dormire.

Ma la paglia del materasso gli sembrò troppo pressata e più dure del solito le assi del letto, mentre qualcosa di imprecisato e ossessivo – forse un gesto non fatto, un pensiero sfuggito – premeva, a intermittenza, in fondo all'acqua morta della mente. Ripassò minuziosamente tutte le azioni compiute durante il giorno, a poco a poco scivolando verso una friabile deriva di confuse immagini: volti, animali, cespi di rose, il viola dei paramenti quaresimali, il movimento ondulatorio dell'incensiere...

Un parlottare nervoso, da congiura, lo fermò bruscamente sul limite del sonno.

Voci si intersecavano in una conversazione fitta e bassa, che, più che il silenzio della notte, rispettava l'omertà della congiura.

«A quest'ora dorme» disse una voce sconosciuta.

«Con quella non si sa mai» rispose una stizzita voce femminile, quella di una vicina: ricciuta e sempre adirata madre di cinque figli; degli altri se ne perdevano le tracce, in gran segreto e sul far dell'alba – perché non avesse a soffrire il freddo per tutta la notte – il neonato lasciando davanti a una chiesa o al portone ferrigno di un nobile palazzo, con la speranza che potesse esservi portato dentro, che restasse lì, al caldo, a servire tra arazzi e camini.

Giacomo Polizzi sferrettò la porta, ritrovandosi in mezzo a voci, sbirri, a una folla che il capitano senza molta convinzione voleva persuadere a tornare a casa.

La notte era umida e biancastra, il cielo invisibile, senza stelle, né luna. Su tutto l'umidore opaco della nebbia.

Si strinse ancora di più nel suo mantello, con struggente nostalgia pensando al blu, al bianco, al manganese, al levigato colore dei suoi smalti.

La conosceva appena, l'aveva intravista qualche volta da lontano, sicura e quasi spavalda nei suoi abiti maschili. Soltanto una volta si era spinta fino alla sua bottega; col riservato distacco di una signora aveva contrattato una brocca che poi non aveva acquistato per via del prezzo; Giacomo voleva dargliela in fiducia: l'avrebbe pagata al raccolto. Ma lei aveva rifiutato con decisione, dicendo che era solo un capriccio, per metterci più acqua per lavarsi, ne aveva già una più piccola e bastava.

«E scusatemi il disturbo» aveva detto andando via.

Era rimasto a guardarla mentre si allontanava, sorpreso dal contrasto tra i modi riservati e l'andatura provocatoria, vagamente pensando alle chiacchiere che su quella indefinibile creatura da tempo correvano nella città; ne osservò il movimento leggermente ondeggiante dei fianchi, il rigonfiamento del petto, le anche a violino sotto gli abiti maschili.

Come un vaso, tra sé concluse.

E quel giorno lasciò da parte piatti e pentole, per lavorare soltanto al paziente e floreale decoro di un flessuoso vaso d'argilla.

II

La distinzione sociale a Calacte iniziava, e ancora oggi inizia, in maniera manifesta, nell'abitazione: abitare in una stanzetta sopraelevata, e con balcone, era segno di distacco e di una seppur minima superiorità sociale rispetto a chi abitava nel catoio – una stanzetta al pianterreno adibita a contenere tutto: bambini, animali, mosto, sorbe, attrezzi di lavoro – che invece si apriva senza mediazione di scale e porte direttamente sulla strada, aperta allo sguardo di ogni passante, di ogni intrigante vicina.

Francisca abitava in un catoio a metà di una ripida e tortuosa strada, limite esterno dell'antico quartiere arabo dei Cannatari.

In quella parte della città secoli prima si erano infatti stanziati i primi gruppi di vittoriosi immigrati arabi, che, con l'introduzione di nuove tecnologie – una totale depurazione dell'argilla e smalti più brillanti e levigati – avevano dato un forte impulso alle attività artigiane; e in quelle stesse strade di recente si sono ristanziate, trovando affitti a buon mercato, le ostinate pattuglie di clandestini magrebini attratti dal sogno occidentale che, nel duro e malpagato lavoro nei ristoranti o nelle serre, presto si frantuma.

Poco lontano dall'abitazione di Francisca, tra le basse arcate secentesche di un antico palmento – dove lei spesso era venuta a portare l'uva, restando, talvolta, la notte, tutta sola tra quelle arcate a vigilare il mosto – c'è adesso un pub.

Lì la sera, risalendo dai nuovi quartieri residenziali, le nuove generazioni di Calacte, con i capelli rigidi di gel e fumatissimi, si scambiano, fino all'alba, birra e spinelli, bestemmie e musica con ragazzi di Algeri o di Tozeur, di Casablanca o Marrakech, stupiti e spersi tutti quanti, nel buio sfondo del terzo millennio.

Dall'altro lato della strada iniziava invece il ghetto ebraico, un tempo brulicante di fondaci e merciai, ma nel 1698 già da tempo del tutto cristianizzato e sulla distrutta sinagoga eretta una modesta chiesa, pomposamente chiamata dei Miracoli; gli ebrei, della cui presenza a Calacte nulla oggi rimane se non qualche cognome o il nome di qualche strada, costretti, alla fine del Quattrocento da Ferdinando il Cattolico, in fretta e furia ad andar via o a camuffarsi da neofiti. Ma inutilmente: per tutto il Cinquecento vittime privilegiate dell'Inquisizione spagnola, perseguitati e cacciati da ogni luogo.

E una vera caccia era quella che avveniva durante il carnevale per le sfarzose vie della cristianissima Roma del Seicento: il malcapitato ebreo che per una qualsiasi ragione si aggirava in quei giorni per le strade, veniva preso, inseguito, massacrato a colpi di pietra o di bastone.

III

Prima di andare ad abitare nel catoio di via Stella, Francisca era vissuta per qualche tempo in un altro quartiere di Calacte; ritrovandosi in seguito alla scomparsa del marito all'improvviso sola al mondo e senza mezzi, in città era malvolentieri tornata a vivere, dopo anni trascorsi in campagna.

La sua famiglia d'origine era stata decimata dalla carestia e dei due fratelli superstiti, arruolatisi come remieri nelle galere spagnole in perlustrazione al largo delle coste tunisine, non si erano più avute notizie: fuggitivi tra i Mori, o mangiati dai pescecani.

L'ultima della sua famiglia a scomparire era stata la sorella Lucia, complice di vita fin dal tempo delle furtive incursioni infantili nella campagna alla ricerca di legna, spighe, fichi o corbezzoli. Durante il terremoto, Lucia era rimasta sotto le macerie del palazzo del barone Murso presso cui era a servizio e dove, dopo il matrimonio di Francisca, si era definitivamente stabilita.

Dalla morte dei genitori fino ad allora le due sorelle erano vissute insieme, avendo Lucia chiesto, ed eccezionalmente dal barone ottenuto, il permesso di ritornare a dormire a casa. Alla sorella ogni sera portava qualcosa: un frutto, un dolce, un pezzo di pane bianco, tutto ciò che riusciva a racimolare nelle cucine baronali e a letto, prima di addormentarsi, le raccontava, in modo buffo e volutamente esagerato, le cose strane che accadevano a palazzo, insieme ridendo forte e scherzando fino a cadere abbracciate e sfinite nel sonno.

Lucia partiva all'alba per il palazzo, e Francisca, che al cucito, al ricamo, ai lavori domestici, aveva fin da bambina preferito gli spazi ampi e liberi della campagna, durante il giorno si dava da fare raccogliendo, insieme a una vicina, erbe selvatiche per farne decotti, tinture, infusi che vendevano, a poco prezzo, alle donne del quartiere per lenirne le fatiche del corpo e le afflizioni dell'anima.

Dopo il matrimonio, Francisca era andata a vivere in campagna, in un lontano casale dei Sette Feudi, dove Nicola, il marito, allocato ad annata, da tempo già lavorava, badando tutto solo agli animali e a salme e salme di terra.

Sentendo forte l'assenza di un'umana compagnia, Nicola si era deciso a cercare moglie, rivolgendosi per il buon esito dell'affare al suo padrone. Il barone Murso, convinto che col matrimonio avrebbe evitato le periodiche lamentazioni del suo villano, a cui da anni faceva promesse, mai mantenute, di mandare un aiuto, diffuse subito la voce tra la servitù.

E l'affare, con l'intermediazione di Lucia, la quale capì subito che quel giovane e robusto villano, grande lavoratore ma dalla parola libera e senza paura, era il partito giusto per la sorella, si concluse con celerità.

Nicola fu molto contento della sua bella e giovanissima moglie che sembrava una campagnola nata: aveva imparato presto e con destrezza a zappare, a rimondare le piante, a curare le vigne, più resistente di una giumenta, e più solidale di un amico.

Lavoravano tutto il giorno fianco a fianco, nelle pause parlando di sementi, di grandinate, di raccolto, insieme rigovernavano le bestie e le portavano al pascolo, e quando il caldo sembrava fulminare gli insetti nell'aria e gli animali sfiniti si accovacciavano nel terreno in cerca di un po' d'umido, andavano a riposarsi nell'ombrosa complicità di una grotta, il ventre contro il ventre, le gambe tra le gambe, con voce rauca nell'intimità il marito chiamandola giumenta, cumparuzzu.

Cumparuzzu era il nome con cui lui abitualmente le si rivolgeva.

Inizialmente Francisca si era risentita, ma lui le aveva spiegato che quello era il nome suo, perché lei aveva sì la natura di femmina, ma non era come le altre che si lamentavano e mangiavano pane a tradimento: lei il pane se lo guadagnava da sola. E se, sia mai, aggiungeva scherzando, lui moriva, era libera di campare come le piacesse e non comandata dagli altri: non solo moglie, perciò, ma anche amico, compare che, per fortuna, aveva natura di bella femmina.

Temendo che eventuali figli potessero allontanare la moglie dal lavoro – lui di nuovo a faticare come un mulo e a stare intere giornate a parlare soltanto con le bestie – Nicola aveva convinto Francisca a evitarli con scongiuri, decotti e lavaggi di erbe manse e selvatiche che lei stessa si preparava e a tempo opportuno assumeva.

E di grande manifestazione di attaccamento coniugale diede prova durante il terremoto, quando, contro la comune convinzione che il suo fosse un lavoro inutile, scavò da solo tra le macerie per tutta la notte e il giorno seguente, come un pazzo monotonamente ripetendo alla moglie, che da sotto non dava nessun segno di vita, «cumparuzzu, resisti, non t'arrendere».

Finché non la dissotterrò, miracolosamente illesa.

e mortificante la convivenza con i compagni che, con parole pesanti e sguardi torbidi sulle sue caviglie e sul suo corpetto di lana, cercavano, appena potevano, di toccarla.

Sentendosi ingiustamente umiliata, decise di porre fine una volta per tutte a quella vergogna, adeguando l'aspetto fisico al ruolo lavorativo.

Vestirsi da maschio e farsi chiamare Messer Francisco, le sembrò, perciò, la più opportuna e naturale delle soluzioni. In fretta e furia cambiò casa, andando ad abitare in un quartiere dove nessuno la conosceva, e nel catoio di via Stella iniziò la nuova vita di Messer Francisco, l'uomo-donna.

Con la nuova identità cominciò a sentirsi sempre più forte e sempre più uguale ai compagni di lavoro, alle cui modalità comportamentali cercò di integrarsi totalmente, rimuovendo ogni indizio fisico o psichico esplicitamente riconducibile alla sua femminilità.

«Masculu fora e fimmina intra» ripeteva a se stessa con determinazione, mentre i suoi gesti apparivano sempre più decisi, il suo passo sempre più sicuro e affermativo, e il suo volto, scurito dal sole, quasi hominigno.

E sempre più indistinto il suo sesso originario: più somigliante a un giovane uomo dall'aria spavalda e dall'ambigua bellezza, che a una costumata vedova.

Francisca, che ormai tutti in città conoscevano e chiamavano Messer Francisco, l'uomo-femmina, non sembrava peraltro tenere in alcun conto le convenzioni sociali: usciva e rientrava a casa sua a tutte le ore, incurante delle chiacchiere ormai generalizzate sul suo conto e delle occhiate oblique delle vicine che si guardava bene dal frequentare, temendone l'invadenza e le domande.

A volte la sera, mentre giaceva nel suo pagliericcio, percepiva un confuso rumore di vita coniugale provenire dalle case vicine: un contrasto tra coniugi, il piangere di un bambino piccolo, delle risate, dei gemiti.

Allora stringeva forte gli occhi contro il buio, pensando alla sua vita passata, come a un sogno senza ritorno la calura estiva, le bestie accovacciate sul terreno, le mani ruvide e forti del marito tra le sue gambe...

V

Nell'olimpo secentesco diavoli incubi e diavoli succubi frequentavano con assiduità letti umani, si accoppiavano, procreavano, alle donne dando infernali estasi e ogni potere sulla sessualità maschile: l'impotenza, la sterilità così come la passionalità o la devianza sessuale del maschio erano opera dell'onnipotenza diabolica della donna strega.

Con assoluta buona fede e totale innocenza, Istitor e Sprenger, i due pii estensori del *Malleus Maleficarum*, testo base sulla stregoneria elaborato nel Quattrocento, affermavano, con prove provate, che l'azione delle streghe si manifestava in modo indubitabile soprattutto nel rendere inoffensivi o addirittura sottrarre ai legittimi proprietari i loro virili organi, nascosti - e a volte ritrovati - tra boschi e campi incolti, su alberi o in buie cantine.

E l'Europa perciò, in pochi secoli, da due a quattro milioni ne manderà al rogo.

VI

La nuova identità di Francisca non poteva non suscitare scandalo e sospetto, ancor più alimentati dal suo atteggiamento isolato e scostante.

Dopo qualche iniziale e fallito tentativo di approccio, le vicine cominciarono a guardarla con diffidenza, allarmate dalla stranezza del suo comportamento. Usciva all'alba, avvolta in un pesante mantello, sfrontata e senza paura, per riapparire – quando non scompariva per intere settimane – dopo il crepuscolo; si chiudeva, senza apparentemente uscirne più, nel suo catoio, e quello che durante la notte lì dentro accadeva lo sapeva solo il diavolo; certa era soltanto la sua doppia natura, nel suo corpo nascondendo e alternando un possente organo maschile a una verginità ogni volta per magarìa ricostruita.

Sempre più insistenti e generalizzate, le voci sui suoi intensi commerci sessuali diurni con i suoi compagni di lavoro e di quelli notturni col diavolo, arrivarono alle orecchie dell'Inquisitore del Santo Uffizio, dall'opinione pubblica e per dovere d'ufficio costretto perciò a intervenire.

VII

Le strade che la piccola folla percorreva erano buie, strettissime, piene di sterco di asini e galline. Il rumore dei passi svegliava uomini e bestie accrescendo l'abbaiare dei cani, il muoversi repentino e scomposto di muli e tacchini nei catoi. Man mano che ci si avvicinava alla casa di Francisca la folla s'infoltiva sempre più.

Il catoio era sprangato dall'esterno, e sull'incolpevole porta si scagliò l'ira furente del capitano, che ad ogni costo voleva buttarla giù.

La strada si riempì di rauche esclamazioni, di ordini e contrordini, di interrogativi senza risposta.

Una donna infine si affacciò scarmigliata e gonfia da un balconcino: «È uscita di prima sera» disse con voce lamentosa, «di prima sera» riconfermò, «e ha preso la strada del Belmangiare, verso il costone di San Giuseppe».

Gli sbirri aspettavano ordini dal loro capo che, con vigore decrescente, continuava a dare calci alla porta. Il lamento insistente di un bambino svegliato nel sonno si diffuse nella strada mentre la folla attendeva in silenzio l'evolversi degli eventi.

Il paese cominciava a svegliarsi con zoccoli di muli, passi strascicati, un ovattato pestìo di invisibili ovini. Passò un gruppo di gessai con i loro asini su cui penzolavano sacchi ancora vuoti da riempire di gesso nelle calcare, giù, ai piedi della collina, dove già nel neolitico ignare popolazioni preistoriche, forse originarie dell'Anatolia e della Siria, all'alba accendevano le loro fornaci per cuocere il pane e l'argilla. In alto le colline erano ancora vuote e silenziose: boschi e calanchi, la città, superba e nebbiosa, ancora atona e incolore, ma tutta quanta già scritta e dispiegata nel possibile del tempo. Un'alba bianca e umida cresceva e si diffondeva per le vie di Calacte. Il capitano smise infine di scalciare contro la porta e stette un attimo a pensare. «In qualsivoglia loco li avevano a trovare» aveva ordinato l'Inquisitore a lui e a tutta la corte riunita «che li havessero attacare e strascinarla e portarla Charciarata».

«Al costone di San Giuseppe» intimò.

La pattuglia si mosse. Era un grande spiegamento di forze: c'erano tutti gli sbirri e i servitori del Santo Tribunale, le guardie del Capitano di Giustizia, e una folla che cresceva sempre più.

Benché fosse ancora l'alba, la notizia si era già diffusa per tutta Calacte: nessuno voleva mancare alla cattura dell'uomo-femmina.

Giacomo Polizzi, annusando l'odore di sterco fresco, di umido, di fieno che ristagnava nelle strettissime stradine, seguiva pensieroso folla e guardie.

Parte seconda

> ... hora noi altri ci eramo presenti a questo fatto, perché ci andaro gran Christiani appresso per vedere la Coriosità...

I

Le tre figure camminano leste, presto risucchiate dal silenzio denso e calmo del sabato notte, rotto soltanto da un cieco alitare, da un sordo raschiare animale nei catoi.

In pochi minuti sono già fuori le mura, in aperta campagna. «La strada la conosci» le dice uno dei due amici salutandola.

Procede con cautela in mezzo al grano alto e buio lungo un ripido viottolo che rapidamente conduce al fondovalle, per risalire poi fino in cima all'altopiano di San Moro, notturno scenario di truvature e robbacore, di sacrifici infantili sul luogo del sepolto tesoro.

Tiene gli occhi puntati a terra, evitando di guardare la massa buia e allarmante dell'altopiano, verso cui tuttavia deve dirigersi per trovare un riparo sicuro a mezza costa.

L'immagine di un robbacore, che dall'alto spia i suoi passi, le torce nervi e viscere, la fa tremare di un tremito convulso e incontrollato.

Un'oscura deriva sale e la trascina: la sua casa, con le sue certe suppellettili, per sempre alle spalle, e la campagna, di giorno così fraterna, è adesso una gola famelica che l'avrebbe senza scampo inghiottita.

Fece fatica a orientarsi nella campagna dove la nebbia aveva annullato ogni punto di riferimento, ma trovò infine il sorbo e, poco lontano da esso, l'enorme e unghiata agave presso cui veniva – quando lavorava da quelle parti – nella calma meridiana a mangiare e bere con i compagni, dopo qualche bicchiere con loro entrando in confidenza di gesti e di parole.

Francisca si accucciò sotto l'agave stringendosi addosso più che poteva la ruvida stoffa del mantello.

Il buio era così buio che chiuse gli occhi per non vederlo, mentre assordanti battiti laceravano il silenzio della campagna notturna, come se provenissero da un gigantesco, straniero cuore fuori di lei.

Il mito di una Sicilia solare e policroma è in parte un falso: il sole, il mare, gli aranceti sono reali solo lungo le coste. L'interno è arido e riarso d'estate, umido e nebbioso d'inverno, in una monocromia quasi totale e senza sfumature, che svaria, però, a ogni stagione: dal fragile verde di febbraio, al giallo acceso di prima estate, all'ascetico bruno di settembre.

Gli Erei, i Nebrodi, le Madonie, gli arroccati paesi dell'interno, d'inverno, sembrano diventare irraggiungibili: una brumosa inconsistenza li sottrae al presente, li riconsegna al passato.

La nebbia era ed è una componente strutturale del paesaggio di Calacte, così fraterna e contigua, così frequente in tutte le stagioni, che ancora oggi gli abitanti la chiamano "a paisana", l'opaca sorella che sfuma i dettagli, restituisce l'essenza.

È un'alba bianca e nebbiosa che confonde il fico, l'ulivo, il carrubo in spersi simulacri nella campagna. Con la testa appoggiata sulle ginocchia, attende.

Una luce invisibile sotto l'orizzonte fonde la nebbia in una caligine elettrica e azzurrissima che si alza, galleggia sul paesaggio.

Dalle spesse foglie dell'agave l'umido s'incanala in gocce: cadono fredde sul volto e sulle mani di Francisca, che non avverte né azzurro né verde, né il freddo gocciolare, solo la luce che sale all'orizzonte.

«Sta giornando» mormora rassicurata, guardando verso la sommità dell'altopiano, ancora occultata nella caligine notturna.

Chiude gli occhi esausta. Si addormenta: immagini si fondono ad immagini.

II

Un raggio, che chissà come, si è fatto strada tra le macerie, penetra nel vano buio e angusto, cadendo poco discosto da lei, tra i calcinacci che la circondano e le impediscono ogni movimento.

Capisce che è già mattino, giorno chiaro: fuori la campagna sarà calma, piena di luce.

Adesso sente vicinissimi i colpi di piccone, il marito che la chiama con la voce della disperazione: «Rispondimi, cumparuzzu, dammi voce».

Fa per toccare il pulviscolo mobile e brillante della luce che la farà risalire in superficie, ma un topo si muove tra i calcinacci, con baffi di zolfo e coda caprina le si avvicina, viscidamente la tocca.

«Il diavolo» grida la mente paralizzata di Francisca. «È lui».

Pota con destrezza il mandorlo, mentre gli altri compagni rimondano altri alberi. Dalla città, sulla collina di fronte, vicinissima in linea d'aria, ma separata da un profondo vallone, si diffonde un molteplice suono di campane che si rifrange in echi prolungati, in profonde vibrazioni nella vallata.

«È la mezza» dice uno.

Francisca e i suoi compagni smettono di lavorare, si siedono in cerchio sotto l'ulivo, mangiano e chiacchierano.

«Quando era vivo mio marito, prima del terremoto» racconta Francisca «una volta sono andata nel palazzo del barone Murso dove mia sorella faceva la criata. Le maniglie delle porte erano di oro massiccio, e c'era una cucina grande come una chiesa, piena di pignatte di rame e decori bianchi e blu a terra e alle pareti. Ma la cosa più meravigliosa che ho visto, non solo allora, ma in tutta la mia vita, è una specchiera grandissima, con una cornice tutta intarsiata e di pietre preziose, con scene di uomini e donne nudi che si sicutavano tra gli alberi, e bambinelli, come gli angeli delle chiese, ma più grossetti e con le ali piccole.

«Nella specchiera si rispecchiava tutto il grande salone, con i lampadari di cristallo, i divani di broccato, gli alti schienali massicci delle sedie, e in mezzo a tutto questo, io, al naturale e tutta intera, dai capelli ai piedi.

«Non mi ero mai vista così.

«Mi sono avvicinata alla specchiera e rimasi infatata dalle mie stesse pupille che si ingrandivano sempre più.

«Per fortuna mia sorella mi toccò e l'incantesimo finì, perché se uno guarda fisso, in quella specchiera, compare un diavolo, che ti attira lì dentro, certe volte con corna, forconi e fiamme, certe volte travestito da bellissimo cavaliere.

«Ma il barone, dopo che la baronessa era rimasta troppo assai chiusa nel salone, per rabbia una sera la fracassò, quella bellissima specchiera, e la baronessa si ammalò e morì per il dispiacere.

«Un pezzetto di quello specchio che mi portò mia sorella, ce l'ho sempre con me. Ma dentro il diavolo non l'ho mai visto, né con zoccoli di capra, né con abiti di cavaliere. Ci ho trovato solo la mia faccia stanca e hominigna».

Francisca rimette lo specchio nella truscia, dove, tra le altre cianfrusaglie – semi di zucca essiccati e involtini vari – ripone anche i resti del cibo.

Si alza. «Vado a lavarmi la faccia alla gebbia» dice, lasciandosi alle spalle il mormorare degli uomini, di cui afferra solo qualche brandello di conversazione.

«Hai una camminatura da regina» le dice uno ad alta voce. «O da re» aggiunge un altro, ammiccando.

Francisca si volta. «Da re» lei risponde. «Chi comanda è il re» e scherzosamente agita verso loro la truscia.

La gebbia è stracolma d'acqua. Un nugolo di minuti insetti si alza dalle pozzanghere ristagnanti attorno e sciama al suo passare. Si china sul cannello della sorgiva per bere, ma il gesto resta bloccato a metà, e bloccati il vento, il sangue, l'acqua nel suo scorrere.

Più grande di dieci tronchi di quercia messi insieme, la culovria: la serpentazza che nell'ora del caldo esce dalle sue tane e con lo sguardo pietrifica alberi, uomini e bestie.

Con la mente sveglia e inorridita, Francisca invoca Dio con tutte le sue forze.

Che qualcuno, dall'esterno, irrompa con un grido nel paesaggio congelato per ricacciarla nel buio di oscure paludi, nel fitto di aggrovigliati boschi: il cuore ricomincerà a battere, il sangue a circolare, le parole a uscire libere dalla bocca, come l'acqua che di nuovo riprenderà, fresca e senza intoppi, a scorrere dal cannello.

Carmelo la spinge fino alla vasca d'irrigazione, la gebbia verdastra nel cui fondo scorrazzano girini, rane, bisce d'acqua.

Dalle viscere della terra, attraverso un cannello fatto con una tegola capovolta, un'acqua freschissima e perenne si getta nella grande vasca, si disperde in mille piccoli rigagnoli per la campagna.

Tutt'intorno rovi, canneti, placidi muli al pascolo.

«Guarda» le dice Carmelo mostrando le loro immagini nude riflesse nell'acqua e toccandole il sesso. «Lo chiamano diavolo, invece è paradiso, e subito ci voglio entrare».

Francisca si stende sul largo bordo della vasca mentre anche gli altri due compagni rimasti indietro si avvicinano, anche loro la toccano. Ha un po' paura di cadere nell'acqua tra le bisce, ma chiude gli occhi e si abbandona al sapore aspro che le invade la bocca, l'inguine, allo spasimo che sale dalle viscere e annulla la fame e la paura, la morte e la mente.

Tutto si confonde e si scioglie mentre i compagni continuano a scavare nell'inguine, nell'ano, con dita oscure... «Non così forte» grida ai compagni d'improvviso violenti «mi fate male». Si divincola, ma i compagni la stringono ancora di più, la immobilizzano.

Si agita nel dormiveglia. Confusamente percepisce un fruscio d'insetti e foglie, la luce già alta, uno strano rumore nella campagna che si sveglia.

III

Apre gli occhi, attonita.

Dopo qualche istante si sveglia del tutto e mette a fuoco gli sbirri, che, armati fino ai denti, la scuotono con forza. Riconosce tra la folla le vicine, i compagni di lavoro, gli amici che erano andati ad avvertirla, mastro Polizzi, lo stovigliaio, dalle mani sottili e lo sguardo spiritato.

«Strega. Stregazza. Diavolo d'inferno» gridano i bambini che girano a cerchio, facendo scongiuri.

Per sfuggire agli sbirri, che con strattoni sempre più forti cercano inutilmente di tirarla fuori, si ritrae ancora di più sotto l'agave.

Ignazio Mancuso, uno dei Portieri dell'Inquisizione e maestro di cuoio, si fa largo tra gli altri.

«So io come persuaderlo. Con Messer Francisco non ci vuole il morbido ma il duro. Di davanti e di dietro» dice indicando spavaldo il suo membro, e rivolgendosi a Francisca: «Intanto facci vedere la natura. Se hai la toppa di femmina o il ferro di maschio. O tutti e due, come il diavolo». Anche gli altri sbirri intervengono con un crescendo di gesti e di parole sempre più eccitato.

«Se la tua natura è di femmina, ti faccio un bel servizio, davanti a tutti, meglio dei campagnoli a cui sei abituata» insiste con aria insinuante Ignazio Mancuso che, imprevedibilmente infilandosi sotto l'agave, riesce a toccarle il seno, a stringerle brutalmente i capezzoli.

«Le minne ce l'hai di femmina» grida trionfante. «Ora fammi toccare la natura».

La folla ammutolisce. I bambini smettono di gridare.

Nella campagna piena di sole e tutta verde, solo l'urlo disperato di Francisca.

Un mormorio sdegnato serpeggia tra la folla, turbata dalla prepotenza di tanti uomini su una creatura sola e disarmata. Vedendosi perduta, Francisca spinge con tutte le forze il suo aggressore che si graffia con le unghiate foglie dell'agave e sanguinante cade all'indietro: il rivolo di sangue accentua l'espressione di livore del suo volto.

Si rialza furente e di nuovo si slancia su di lei. Ma l'ultima violenza richiama nella folla il ricordo di altre violenze, di cui il Portiere dell'Inquisizione, protetto dall'immunità del suo ufficio, era stato per anni impunito e borioso protagonista, facendosi già durante il terremoto una posizione con atti di sciacallaggio sui morti e sui vivi.

Si levano grida da ogni parte: «Portiere dell'inferno», «Maledetto», «Rubamorti».

Quest'ultimo appellativo, quasi corale, è come una doccia fredda per Ignazio Mancuso, che, sfuggito anni prima a un tentativo di linciaggio della folla, lascia la preda e si ricompone.

«Prima la bruciamo, meglio è per tutti, l'indiavolata, la buttanazza» dice sprezzante agli sbirri.

Francisca si lasciò prendere, legare, spingere, senza più opporre resistenza, lungo il pendio.

Con un sentimento di impotenza e di confusa pietà, la folla, ormai senza allegria e senza curiosità, seguiva la pattuglia.

Rimasto un po' indietro, Giacomo Polizzi guardava il tutto da lontano, meditando sulle reazioni del sentimento popolare: improvvisamente fraterno per pietà con i derelitti, ma ostinato nell'odio contro i prepotenti – odio nascosto nell'individuo, ma pronto, collettivamente, a liberarsi, a esplodere più forte; concludendo però malinconicamente le sue riflessioni sulla doppia sventura dei poveracci che pagano sempre alla giustizia, umana e divina, e sulla fortuna dei prepotenti, che si pentono sul letto di morte e non pagano mai, a nessuno.

Camminando si chinava a raccogliere qualche ciuffo di finocchio selvatico e di nepitella il cui intenso odore sembrava rinfrescare gli accaldati pensieri di quel mattino d'aprile.

Affrettò il passo. Quasi di corsa oltrepassò la folla, gli sbirri e, raggiunta la pattuglia di testa, affiancò Francisca. Avrebbe voluto farle odorare la nepitella, stordire la sua paura, cancellare la vergogna per l'ingiuria subita, sostenere la sua anima in quella difficile risalita verso il Tribunale, dirle che né gli uomini, né i preti, né gli Inquisitori potevano giudicare; solo Nostro Signore, che aveva conosciuto il calvario e la croce, poteva leggere, come in un libro aperto, nel cuore degli uomini e delle donne, assolverli o dannarli.

I suoi luterani pensieri lo spaventarono.

Si segnò e si risegnò, e rivolgendosi a Francisca, a voce alta, perché potessero udirlo: «Fatti coraggio. Abbi fiducia nella Santa Chiesa» le disse «che ti sarà fatta giustizia».

Il 27 aprile del 1698, a Calacte, era una domenica indolente e animata.

Gruppi di donne e uomini entravano e uscivano da chiese e conventi, portando piccoli fardelli, candele votive, ghirlande di fiori per gli altari. I bambini, a gruppi, liberi dall'oppressione dei lavori quotidiani, schiamazzavano più del solito, più del solito inseguendo e deridendo vecchietti e storpi.

Francisca, legata e circondata da un gran numero di sbirri, attraversava la città chiusa in se stessa, quasi sorda e cieca, senza coscienza alla pietà e all'offesa.

IV

Davanti alla sede del Santo Uffizio, la folla riprese a rumoreggiare contro gli sbirri, contro il Santo Tribunale e soprattutto contro il Portiere: odioso simbolo della giustizia aveva trasformato la temibile magara in disarmata vittima.

Portata dentro Francisca, la folla continuò per qualche tempo sempre più debolmente a protestare, frantumandosi a poco a poco in piccoli gruppi che, commiserando la poverina ed esecrando Ignazio Mancuso, lentamente ritornavano nelle loro case, in realtà cubicoli con giacigli di paglia e striminzite suppellettili, in compagnia della capra e dell'asino, per chi li possedeva.

Finita la Grande Coriosità della fuga e della cattura dell'uomo-femmina, che aveva mobilitato immaginazione e sentimento, tutto ritornava ad apparire povero e infetto, squallido e malsano: luride e pericolanti le case, e l'esistenza una difficile corsa ad ostacoli tra epidemie e malannate, tra terremoti e jacqueries, in un secolo in cui la vita media si aggirava sui trent'anni, e l'intero Occidente sembrava regredire a forme di ferinità, se è vero che durante la guerra dei Trent'anni, in Germania, involontario teatro di un conflitto che le grandi potenze combattevano, si diffuse tra le popolazioni affamate l'antropofagia: straccioni, viandanti, bambini abbandonati ne erano casuali vittime.

Anche in Sicilia – e a Calacte – la lotta per la sopravvivenza aveva assunto forme estreme, determinando, soprattutto nell'ultima carestia, una sorta di indifferente cinismo verso la morte. I cadaveri, accatastati dietro le porte e agli angoli delle strade, erano così tanti che venivano seppelliti in fretta e furia in fosse comuni, fuori città, senza assistenza religiosa, senza pietà o dolore di parenti, troppo indaffarati per conto loro a sopravvivere, concentrati soltanto sugli incettatori di generi alimentari e sulla invariabilità delle condizioni meteorologiche: l'interminabile incubo dei bellissimi e luminosi inverni che caratterizzarono quegli anni.

Ma bellissimi e luminosi, quegli inverni, non apparvero certo ai contemporanei.

In quel mondo, rifeudalizzato e sostanzialmente autarchico, il bello e l'utile esattamente coincidevano, l'incondizionata e gratuita bellezza essendo esclusiva prerogativa del divino, di cui lo sfarzo delle chiese – i paramenti, l'incenso, i colori, la musica – era percettibile anticipazione.

Brutti e deformi furono perciò i quasi estivi e asciutti inverni del '69, del '70, del '71.

La pioggia fu inutilmente invocata con riti propiziatori pagani e cristiani e in quell'occasione il clero minuto solidarizzò con quanti avevano prima solennemente pregato e poi rovesciato dalla bara San Giacomo, sputandone e pestandone la sacra effigie, colpevole di non avere saputo intercedere presso Dio in modo giusto per mandare sull'assetato mondo la pioggia.

Francisca, che in quegli anni era bambina, si aggirava con i fratelli per la campagna, mentre i genitori, famelici, erano in giro a cercare per conto loro qualcosa, prendendo ciò che capitava: bacche, semi, lumache, gatti, cani e persino topi, mangiati tra orrore e necessità.

Non riuscirono però mai a far ingoiare a Francisca un solo frammento della fumante pietanza che la madre, di tanto in tanto, approntava.

Francisca veniva presa da convulsioni, cianotica e con la bava alla bocca, non sentiva e non vedeva più nulla, precipitata nell'orrore e nel disgusto per quella carne che, lei sapeva – aveva visto una volta la madre intenta all'operazione –, era di un grigio e sporco topo.

Parte terza

Exurge Domine et judica causam tuam.

I

Benché Calacte sia stata per secoli sede stabile del Tribunale del Santo Uffizio, della sua ubicazione non è rimasta traccia.

Rimosso dalla memoria collettiva, il luogo dell'antica paura riaffiora talvolta nella vita onirica degli abitanti: minacciosa e squadrata costruzione nel cuore del più antico quartiere cristiano, a nord-est della città, a metà dell'austera strada di San Giorgio che, con le sue barocche architetture, tutto l'attraversa.

Sulla facciata principale di quel palazzo una grande icona, sbiadita da sole e intemperie, che una robusta inferriata protegge e un'illeggibile scritta conclude, alta campeggia, svegliando Iana nel cuore della notte, inquieta e devotissima abitante di quel quartiere: «EXURGE DOMINE ET JUDICA

CAUSAM TUAM» sibilano le sbiadite parole dell'icona mentre inseguita da fiamme e litanie fugge per sterminati corridoi, fino all'inchiavardato portone, alle ferree grate delle finestre.

E per quegli implacabili corridoi, Francisca veniva condotta, stranita e inerte, alla prima udienza.

II

Inquisitore del Santo Uffizio era nel 1698 Don Bonaventura Cappello, accanito studioso di ogni scienza e cauto discendente di una famiglia di ricchi calderai la quale, per una remota e rinnegata ascendenza ebraica, da più di un secolo continuava a prodigarsi, generazione dopo generazione, in pratiche religiose, donativi e vocazioni.

Nonostante l'ufficio di Inquisitore venisse definitivamente a liberare lui e la sua famiglia da ogni superstite sospetto di giudaismo e lo mettesse al riparo dall'essere inquisito, Don Bonaventura Cappello continuava a sentirsi esposto a possibili intrighi di frati e baroni, limitando perciò la sua intensa curiosità intellettuale per la nuova scienza a clandestini scambi di libri, e a vivaci e privatissimi contraddittori, con qualche fidato amico dell'Accademia di Calacte.

Soltanto in un suo appartato feudo dove, dopo i faticosi festeggiamenti estivi del santo patrono, si trasferiva, il suo intelletto si liberava da ogni fastidioso ingombro, tutto solo nel notturno frinire della campagna, religiosamente scrutando i moti meccanici degli astri, gli occulti segni delle costellazioni, le fugaci traiettorie delle stelle cadenti nelle oscure regioni della mente naturale di Dio.

Le notturne osservazioni e l'eclettico sapere – di cui San Tommaso, Cusano e Galilei erano cardini – confluivano in una personale interpretazione del cosmo, a cui l'Inquisitore faceva segretamente appello nella difficile ricerca della verità che il suo ufficio di tanto in tanto gli imponeva; ma anche nell'esercizio di tale ufficio, agiva con estrema ponderazione, spesso preferendo il diplomatico ulivo alla frontale spada.

Fino a quando però onestamente poteva. Oltre al richiamo di una genetica cautela e di un indomabile intelletto, l'Inquisitore sentiva, forte e perentorio, il dissenziente brontolare della coscienza, che, dopo lunghi conflitti, su ogni cauto proponimento e interessato opportunismo sempre finiva col prevalere.

Nel caso dell'uomo-femmina il giudizio di Dio, quello degli uomini e il suo, esattamente coincidevano.

Non avendo trovato, né nella vecchia, né nella nuova scienza, plausibili spiegazioni alla sua metamorfosi, l'Inquisitore aveva, con serena e ferma coscienza, disposto la cattura dell'ambigua creatura «la quale – come molti avevano detto sotto giuramento – pareva un bellissimo giovine, ma alla fine era faci di donna, su cui brillavano occhi, come di femmina strega».

III

Seduto sull'alto scranno Don Bonaventura Cappello meditava su quanto era accaduto.

Per l'incontrollabilità degli umani impulsi – pensava irritatissimo – le cose più semplici si complicano e si contrappongono, doppie diventando, e indirimibili. E in quel procedimento, armonico ed unanime fino al giorno prima – nessun barone aveva reclamato diritti sull'inquisita, nessun frate si era interessato alla procedura –, tutto veniva confuso, capovolto: la strega diventava timorata verginella, il Santo Tribunale complice dei corruttori, mentre la folla rumoreggiava, imprevedibile, sotto le finestre.

Non era la prima volta che si levavano proteste contro Ignazio Mancuso, malfido ma inamovibile portiere della casa di Dio, protetto com'era a Palermo e dalla locale nobiltà, che di lui si serviva per risolvere irrisolvibili contrasti con contadini e fittavoli.

Anche contro la strega la voce del popolo si era levata con forza e con precise e circostanziate denunce, «la quali» – l'Inquisitore riprese a sfogliare stizzito i verbali delle deposizioni segrete – «andava a travagliari insiemi con tutti gli uomini di fuora vestuta di homo e poi sella facevano servire per Donna. In comunimente».

Sui commerci diabolici di Messer Francisco, l'Inquisitore non aveva alcun dubbio.

Nella fase preliminare dell'istruttoria segreta aveva infatti dovuto faticare a lungo per stabilirne l'originaria natura: le stesse vicine che erano venute a denunciarlo apparivano incerte sul suo sesso, mentre ai compagni di lavoro «huomo appariva e da huomo che non si congiunge carnalmente con altri uomini si adiportava».

Solo in seguito agli interrogatori degli abitanti dell'antico quartiere, dove prima della metamorfosi l'uomo-donna abitava, l'Inquisitore aveva potuto stabilire la sua originaria natura: femmina, prima maritata poi vedova, che, però, già allora, «voleva far li cosi delli homini e non i domestici travagli delle femmine». E femmina essendo la prisca natura di Messer Francisco, ad essa l'Inquisitore aveva addebitato i delitti, che erano tanti e di diversa entità: dal più lieve, di avere trasgredito l'ordine e le vigenti convenzioni, a quelli più gravi d'ipocrisia e di lussuria, e, infine, al più scellerato, «di abiri fatto asay magaria et invocato li demoni». L'Inquisitore indugiò ancora un po' prima di far entrare Francisca, interrogando, come sempre faceva prima di accingersi a un'udienza, l'affresco che campeggiava dalla parete di fronte: una croce verde in campo viola tra una spada e un ramo d'ulivo, siglato in basso da una frase latina: «EXURGE DOMINE ET JUDICA CAUSAM TUAM».

La precisa simbologia di forme e di colori dello stemma del Santo Uffizio di Sicilia sembrava, quel giorno, scomporsi e capricciosamente ricomporsi senza nessun leggibile segno o occulta significazione che potesse orientare il suo giudizio, benché in quel procedimento, concluse tra sé l'Inquisitore, forte e chiaro di nuovo sentendo il convincimento della sua coscienza, nessun bizzarro umore popolare né ipocrita onestà potevano sottrarla alle fiamme del rogo.

E con ritrovata determinazione ordinò ai servitori di chiamare alla prima udienza la strega.

IV

Rievocando, secondo la formula di rito, la morte e la passione di Cristo, l'Inquisitore, dopo la richiesta delle generalità e la comunicazione dei reati, diede inizio all'interrogatorio, lungamente esortandola alla confessione delle colpe.

Francisca muta restava, e caparbiamente a testa bassa.

«Dio perdona tutto al vero penitente» disse con sollecitudine all'impenitente, la confessione delle colpe e il pentimento essendo essenza e ragion d'essere del procedimento inquisitoriale che doveva, con ogni mezzo, ad essi indurre, salvare l'anima del reo, far rifulgere nel mondo Dio e la sua gloria.

Tornò più volte e inutilmente ad esortarla: sarebbe stato costretto, nella seconda udienza, a sottoporla alla tortura della corda o agli aculei della sedia inquisitoria. Tutta slogata farla confessare.

Né voce, né sentimento.

«Preghiamo insieme per la tua salvezza» concluse infine con accorata impotenza, mettendo pietosamente il Crocifisso tra le mani callose dell'ostinata che alzò il volto hominigno verso di lui.

Il calore della pietà sciolse il grumo di compressi sentimenti che le bloccava la gola e la parola.

E ritrova dentro di sé, forti e tutte intere, le sue ragioni.

«Ma non restasti con li vestimenti femminili e ti adiportasti da masculo» la interrompe l'Inquisitore.

«Fimmina intra e masculu fora» risponde.

Il dialogo riprende animato e impaziente.

Ad un tratto Francisca porta la mano destra al petto, come per rafforzare un giuramento o slacciare, sotto il maschile vestimento, il femminile corpetto di lana: forse vuol far verificare a lui, come al Padre celeste, ciò che ha rifiutato alla morbosa curiosità del portiere.

Lo guarda incerta, nel suo volto cercando i segni dell'approvazione o del dissenso.

L'Inquisitore si alza. Si avvicina alla finestra.

Le parole di Francisca sembrano luccicare come punte di spada nella densa penombra che di colpo è calata nella stanza. «E pertanto fazzo questa cosa che di donna adivento huomo. Lo fazzo per travagliari, per moscarmi un tozzo di pani».

E ritorna, allarmante, a sgomentarlo, nell'audace evidenza della sottesa risposta, la domanda con cui lei ha concluso il suo dire: «Ijo per questa cosa a chui fazzo danno, a chui dugnu fastidio, mi Patrone?».

Scosta gli spessi tendaggi.

Giù, nella strada deserta, solo la sagoma di mastro Polizzi, il pittore di cannate, in preghiera davanti all'icona del divino giustiziere.

Il volo basso e sghembo delle rondini al crepuscolo si è placato, come la folla che, ormai dimentica, si è spersa nei carruggi, le donne ad annacare i bambini, gli uomini a giocare a carte, a imborracciarsi nelle taverne; il cielo soltanto, senza scosse e smottamenti come il misero mondo.

Le fiamme e il dolore delle fiamme per un attimo gli ustionano la mente.

«Exurge Domine» mormora, mentre il buio avanza sul volto di Francisca, sui colori dell'affresco, sulle confuse forme della stanza.

V

Invece di ritornare sui suoi passi, Giacomo Polizzi preferì fare un lungo giro per rientrare a casa, percorrendo tutta quanta la strada del Santo Tribunale fino ad un ampio slargo alberato dove Calacte, un tempo boriosa di conventi e palazzi, tra le macerie dell'antica chiesa-fortezza di San Giorgio dopo il terremoto, miseramente si concludeva.

Assorto nell'universale vanità – anche di ciò che duraturo sembrava all'acqua e al vento – aggirò le rovine, ritrovando, tra ondulati e aridi calanchi, la stretta e sterrata trazzera a mezza costa, che, attraverso l'infido e solitario versante argilloso, circondava alle spalle l'indaffarata città, e da ovest, quasi clandestina, in essa rientrava.

Intorno solo grigie colline, crepate masse di argilla, che la mano del cannataro tutti i giorni s'affannava a depurare per costruire tegole, cannate e quartare. Che nel tempo si sciaccano e si rompono. Che nuove generazioni di pazienti cannatari rimodellano.

Un affanno che non finiva mai, rimuginava tra sé Giacomo Polizzi, pensando al destino ormai segnato di Francisca; a quell'interminabile domenica, a se stesso, solo e smarrito nell'alto silenzio dei calanchi.

Pensò al secolo che stava per finire. Alla fine del mondo. Alla sua morte. All'eternità senza scampo del risorto corpo mortale nel Giorno del Grande Giustiziere.

«Dio mio, liberaci dall'eterno dolore. Abbi pietà» intensamente pregò.

Un'umida brumosità scendeva tra i calanchi, che, più tardi implacabile nebbia, avrebbe reso più opaco e impenetrabile il buio che già saliva, a oriente, dall'invisibile pianura.

Ed era buio profondo quando, incespicando nello sterco di gallina, aprì la porta del suo catoio.

Percepì un brulicare di vita in fuga nella stanza.

Accesa la lumiera, sorprese qualche attardato scarafaggio velocemente dileguarsi tra vasi e piatti, pronto a uscire di nuovo dalle sue invisibili tane a spiare nel buio il sonno degli umani.

Malgrado tutto, però, era affamato.

Mangiò pane, cipolla e olive. Bevve un bicchiere di vino rosso. Ne bevve un altro e un altro ancora.

Tutta una cannata che avrebbe dovuto bastare per una settimana.

Chiuse gli occhi, mentre la debole fiamma della lumiera diventava grande e vorace fuoco in mezzo a cui – testa dura come Francisca, ma chiara di pelle e d'occhi – si torceva Lisabetta, un tempo compagna di giochi infantili, poi monacata e bruciata come eretica impenitente.

Mentre precipitava verso il buio cannello di un imbuto, si riscosse: l'olio della lumiera si era tutto consumato. Vestito com'era, si gettò sul letto e dormì un lungo sonno senza sogni.

Non sapeva se era passata un'ora o un'intera nottata, quando, stordito e con la bocca amara, andò ad aprire. «Trasi e cunta» disse, tremando per l'emozione, a Francisca che infreddolita indugiava sull'uscio.

Epilogo

Della città, di Francisca,
della morte del cronista.

I

Nonostante fosse un banale e lavorativo lunedì, il 28 aprile del 1698 fu un giorno eccitante per Calacte: minuzioso il resoconto di fatti, parole e circostanze che in ogni intricato carruggio la vicina raccontò alla vicina, l'amico all'amico, il lavorante al compagno di lavoro e, in seguito, la nonna al nipote, e il nipote al nipote del nipote; un diffuso bresbiglio che a lungo durerà nella memoria cittadina, l'ignara Francisca ritornando, nelle freddose sere invernali, ad accendere la fantasia e la parola negli angustiati cuori, sottrarli, con la luce di un domestico epos, ai travagliati accadimenti di un quotidiano senza scampo.

Ma il Grande Buio pian piano avrebbe sommerso

la voce e la memoria della voce – e Francisca, l'Inquisitore, la folla e tutta quanta quella movimentata domenica, anonimamente riassorbiti nel vissuto della comunità contadina di Calacte – se Giacomo Polizzi, forse alla fine di quell'anno o qualche anno dopo, quando il tempo aveva ormai consolidato l'accadere degli eventi e la definitiva direzione del loro accadere, non avesse nella sua cronaca registrato – a perenne memoria – la Grande Coriosità, con uno sbrigativo epilogo concludendo la narrazione.

II

«Onde sentendo questo, il detto D. Bonaventura Cappello come Inquisitore del Santo Officio, ci respose e ci disse – va' figlia mia e fai come attia ti piace, perché aggio canosciuto la tua liberalitate che si nosciente – va' ti torno e dico che sei benedetta.

«Allura la buona Donna si nandau per li fatti suoi e seguitau conforma faceva che di Fimina operava di Huomo.

«Allura si nandau ad allogarsi a Mese a fare il Bordonaro, con li Abbato, detto chiamato D. Giacomo Berenato e andava e veniva la Notti e il Giorno, e via discorrendo».

III

Cosa esattamente sia accaduto in quella severa stanza del Tribunale dell'Inquisizione – quali tensioni emozionali siano scattate e si siano confrontate, quale umana persuasione o divina luce abbiano indotto l'Inquisitore, il giorno dopo acclamato Padre dalla folla, ad assolvere Francisca, e immediatamente a rilasciarla – resta al di fuori delle frettolose righe conclusive del cronista.

Francisca non viene soltanto assolta ma, infranto un millenario codice di rigida divisione di ruoli e sessi, dallo stesso Inquisitore pubblicamente legittimata nella sua doppia identità.

Seguiterà, infatti, «conforma faceva, che di Fimina operava di Huomo».

IV

Inspiegabile e forse unica legittimazione, nella misogina Europa del Seicento che non solo le streghe, ma tutte quante le donne, costringeva al silenzio: le troppo ciarliere, le lunatiche, le ipocrite – a volte dagli stessi mariti pubblicamente accusate – venivano messe alla gogna; col volto stretto nel mordacchio o in maschere di ferro, dalle ridicole forme animali – il maiale, il topo, l'asino, la gallina – esposte al ludibrio della folla che su di loro si accaniva, gettando sterco e orina, sfregiandone il seno e il pube.

E tra i tanti strumenti di tortura dell'Inquisizione, pochi erano quelli esclusivi degli organi sessuali maschili, molti ed efferatamente esemplari quelli per le donne: la pera vaginale, lo schiacciaseno, lo strizzatoio di capezzoli...

L'appartenenza a Calacte, in quel tempo, non era però solo un puro dato anagrafico, ma incondizionata e inappellabile categoria di giudizio nei confronti di un mondo estraneo e altro, al di là del suo vastissimo demanio.

Tutta la comunità - nobili, preti, contadini - sentiva come assoluto, rispetto a ogni altro potere, il potere della città, superba e gelosa custode del suo mero e misto impero, dei suoi privilegi e delle sue libertà civiche.

Lontana da Palermo e da Madrid, e chiusa a ogni esterna interferenza, Calacte gestiva in piena autonomia le sue istituzioni religiose e politiche.

Anche il rigore del locale Santo Tribunale, in quegli anni, non era perciò eccessivo.

In seguito alle violente e intricate querelles tra Francescani e Domenicani, già da tempo ne era stata demandata la direzione a esponenti locali del clero diocesano.

Più a diretto contatto con un ambiente in cui fatture, malocchi e complicati scongiuri rientravano con naturalezza nell'ordine quotidiano, i preti erano, inoltre, più saggiamente accomodanti dei rigoristi e stranieri frati: una sorta di tacito accordo con streghe e liberi pensatori, violentemente spezzato quando l'eresia o la magarìa, provocatoriamente esibite, potevano danneggiare il buon nome e l'autorità del Tribunale.

Che, però, l'eccentrica Francisca, con pubblico e mai visto scandalo, aveva spezzato.

E scattata la procedura, la collera del Tribunale, nella nebbiosa città, era implacabile.

V

Francisca invece, indossando chausi, chausuni, rubbone e saimerco, se ne va, benedetta dall'Inquisitore, tranquillamente per li fatti suoi: la verità tra l'inespresso del vissuto e il possibile delle congetture.

Forse fu opportunismo. Forse tolleranza. Forse soltanto pietà.

O forse, in quella buiosa stanza del Santo Tribunale, l'Inquisitore assentì allo sguardo incerto di Francisca...

E sarà ancora paradossalmente un religioso – un tale abate Giacomo Benenati – l'anticonformista datore di lavoro di Francisca: l'assumerà a mese come bordonaro, un lavoro decisamente maschile e strettamente legato alla civiltà contadina, di cui indirette tracce rimangono soltanto nelle ricostruite ambientazioni dei musei di tradizioni popolari.

Un'ultima, possibile immagine di lei, mentre anonimamente si allontana dalla luce immobile del testo...

... tutti ancora dormono nel feudo – uomini, animali, attrezzi di lavoro – ma lei già da un pezzo traffica tutta sola tra la corte e le stalle. Adatta finimenti, bisacce, cuffini e colorati piumaggi ai forti fianchi dei cavalli, ai riottosi musi di asini e muli.

Li carica infine con pesanti sacchi di granaglie. Prende il mantello, la truscia.

Afferra saldamente le redini del mulo che apre l'interminabile fila di cavalcature.

Capocarovaniera senza paura, nell'alba che lentamente sta crescendo, li guida per lunghi, impervi transiti.

Ostinata lanterna di bordonaro, ancora in viaggio.

VI

La vita di Giacomo Polizzi fu lunga e laboriosa, continuando per quarant'anni a registrare gli eventi più importanti della città.

Morirà vecchissimo in uno sciroccoso venerdì di novilunio del giugno del 1749, mentre grandi trasformazioni avvenivano attorno a lui e il secolo dei Lumi procedeva al galoppo verso un epilogo rivoluzionario: nel 1782 Caracciolo notificherà con gioia al suo amico d'Alembert la fine dell'Inquisizione in Sicilia.

Anche a Calacte c'erano grandi novità: una nuova nobiltà più dinamica e culturalizzata, più spregiudicata e faccendiera – contemporaneamente minacciando gli statici feudi e i secolari privilegi comunitari dei contadini – spavalda si affacciava alla storia.

Contro di essa, francesizzata e creduta giacobina, si scatenerà, alla fine di quel secolo, con fiamme e impiccagioni, l'ira sanfedista e filomonarchica della comunità contadina.

Giacomo Polizzi, che resterà sempre pietosamente scettico, in quello snodo epocale, non vide mai nessuna luce tra i carruggi di Calacte, se non, in certe limpide sere d'estate, il fuoco dell'inquieto Mongibello, alto e solitario in fondo alla pianura.

Immodificabile gli appariva quell'afflitto mondo e inestinguibili le fiamme dell'ultimo grande rogo, innalzato in forma solenne nel 1724 a Palermo, di cui l'amato Mongitore aveva fatto pubblico elogio e dettagliato resoconto.

In quel rogo, dopo vent'anni di prigionia, veniva bruciata viva Suor Gertrude Cordovana di Caltanissetta, quietista, molinista e ipocrita.

Ma questa è un'altra storia. Un altro il paziente cronista.

La donna pittora

Antefatto

Sette anni del nuovo secolo erano passati che, con la morte senza eredi di Carlo II, imperatore di Spagna e re di Sicilia, già sul nascere più malvagio del precedente si annunciava per gli straniti siciliani, costretti in quattro decenni a quattro dispendiose acclamazioni reali e una lingua straniera ogni volta diversa su lettere e reali dispacci: dal familiare spagnolo dei vecchi dominatori, al francese del savoiardo Vittorio Amedeo, all'astruso tedesco dell'imperatore austriaco, per finire, negli anni Quaranta, di nuovo con lo spagnolo.

Né più clemente della storia fu la natura tra invasioni di cavallette, epidemie, e soprattutto siccità; e, se infine pioveva, spesso terrifiche tempeste devastavano campi, case, strade, tutto trascinando in improvvisati e rumoreggianti torrenti.

La furiosa tempesta dell'autunno del 1707 aveva reso ancora più infida e precaria la già precaria mulattiera verso cui – non era lontana la mezzanotte del 31 dicembre – un uomo su un asino s'incamminava.

Poco dopo la porta di San Giacomo la mulattiera scendeva ripida e tortuosa dal versante ovest della collina, lasciandosi alle spalle l'argillosa città e il suo diruto castello e, a destra, un'ampia e profondissima vallata su cui scura e boscosa incombe la montagna della Scala, stabile dimora di lepri, conigli e tartarughe, e transitorio ricovero di nordiche e infreddolite beccacce. In fondo al pendio essa costeggiava il corso tumultuoso del Maroglio, proseguendo, comoda come una rotabile, per una vasta e acquitrinosa piana fino al grande mare di Terranova.

Alla fine della discesa e proprio all'inizio della pianura, tra il Cinque e il Seicento, esisteva una chiesa fondata dagli Agostiniani e dedicata alla Madonna del Soccorso.

Ma transitorio è lo stato d'ogni cosa, imprevedibile la metamorfosi – cellula, astro, conchiglia un tempo guizzante pesce tra le onde, poi rigido fossile in muro d'arenaria: la chiesa crollò e se ne perse ogni memoria.

Né di essa ne aveva alcuna Antonio Centorbi, nuovo ed energico arrendatario di quel terreno – un piccolo ritratto a olio lo rappresenta con un lungo e vibratile naso aquilino e una piega della bocca ostinata e abituata al comando – che, volendo portare migliorie alla sua proprietà, fece costruire ampi magazzini e, proprio sul sito della dimenticata chiesa, una capiente stalla: meta ancora lontana in quella piovigginosa mezzanotte per il viandante e la sua cavalcatura.

I

Sentì distintamente il cadenzato passo d'asino, e le sembrò di vederlo, l'imbacuccato sconosciuto che solitario e infreddolito si inoltrava nella buia campagna.

«Chissà chi! Chissà dove!» pensò Annarcangela che dormiva a tratti alternando veglia e sonno, svagati pensieri e ostinati terrori; minuscoli insetti quella notte la spiavano dal buio e se, esausta, per un attimo il sonno la vinceva, si svegliava di soprassalto: il letto e la stanza inesorabilmente brulicanti.

Si girò e si rigirò. Si alzò infine. A tentoni accese il lume.

Una sfrangiata penombra ondeggiò sulle pareti scorrendo difforme sui colori e le immagini che lei stessa aveva dipinto: angeli, nuvole, fiorite ghirlande; al centro della parete di fronte al letto, in sembianze di assorta Madonna, il volto di Donna Alonza: l'infelice baronessa uccisa per ordine del volubile marito che dieci anni prima – appena giunta dalla Spagna alla corte di Palermo – con l'esibizione di una grandissima pompa e di un indomabile amore l'aveva condotta sua sposa a Calacte.

La guardò intensamente: i grandi occhi bruni vacillarono, la mano si staccò dall'affresco, giunse ai suoi capelli, e si rivide, smarrita adolescente, scivolare schiumante e impotente in una totale assenza dei sensi e della mente; una morte ogni volta definitiva ma da cui ogni volta stremata ritornava, ritrovando sempre accanto a sé la baronessa che piano le accarezzava i capelli e piano la confortava; ogni grido, ogni tocco violento in quella oscura risalita era incisione, ferita.

Sentì l'inutilità della sua condizione di ventottenne sorella nubile ed epilettica nella casa un tempo del padre e, adesso, del fratello e dell'autoritaria cognata; e irrimediabile il lutto per l'assenza della sua prima madre – morta di setticemia alla sua nascita – e della sua seconda, Donna Alonza, che sua madre non era ma di lei, piccola e malata figlia del più intimo e devoto uomo di fiducia del marito, si era presa cura fino alla morte.

Era stata proprio la baronessa ad accorgersi del suo talento pittorico, sorprendendola, ancora bambina, a disegnare nel pavimento della grande cucina con un pezzo di carbone; lei stessa con dei cilindretti di legno e delle setole le aveva costruito dei rudimentali pennelli procurandole anche i colori – il bistro, il biadetto, il cinabro, la terra gialla e quella nera – e una pietra di marmo per macinarli.

Annarcangela imparò velocemente a mescolarli, usandoli su tutto ciò che capitava: carta, legno, stoffa, muro. Da due pittori, venuti da Roma dopo il terremoto per ridipingere le cappelle della chiesa di San Giacomo, apprese ad accendere la luce in un'immagine o a spegnerla nell'ombra, a sfumare un profilo o a inseguire con minuti segni i sinuosi labirinti di una cornice: acquattata in un angolo stava per ore famelica a guardarli.

Sebbene col passare degli anni dipingere fosse diventato anche un lavoro – di tanto in tanto chiamata a restaurare affreschi o ad adornare drappi e palii per i festini – la pittura, e soprattutto i colori, continuavano ad essere per lei gli obliosi compagni di una vita ormai senza speranza di eventi; dell'evento, per anni inutilmente atteso, che desse senso e necessità alla sua esistenza.

Quando sentiva troppo pesante e sconsolato il mondo, chiudeva gli occhi e, per consolarsi, evocava distese di giallo, di verde o il blu d'oltremare di un allunato cielo notturno.

In quella angustiata notte fu insieme al rosso serico e brillante di un campo di papaveri che Annarcangela ritrovò il lenimento di un sonno profondo, mentre percepiva sempre più fievole e remoto il cadenzato passo d'asino allontanarsi oltre la porta di San Giacomo.

II

Lo sconosciuto in cammino in quell'insolita ora della notte – era ancora troppo presto per il mattutino esodo di giornatari e contadini – era Giacomo Taglieri che avvolto in un pesante mantello, su un asino più di lui assonnato e infreddolito, cautamente scendeva per l'impervia mulattiera, a malincuore allontanandosi dal respirare notturno dell'arroccata città. Qualche ora dopo essersi addormentato era stato bruscamente svegliato; «Va', cerca e torna subito a riferirmi» era stato il perentorio comando del suo padrone che era tornato a dormire. Al comodo, nella sua casa. Dove però – convenne soddisfatto tra sé Giacomo Taglieri, con ritrovata gratitudine e rinnovato slancio nell'andare – già da tempo anche lui abitava.

Divenuto nuovo proprietario della masseria, Antonio Centorbi l'aveva infatti portato con sé in città, impegnandolo nella vendita al minuto di vino, miele e granaglie, o, come in quel caso, utilizzandolo per qualche improvviso servizio; una vita inaspettatamente comoda per lui che nei precedenti trent'anni era sempre vissuto in campagna, servo in mezzo ad altri servi, notte e giorno a vigilare i beni del precedente e cattivissimo padrone, nulla sapendo del mondo e dell'intensa vita cittadina. Che con niente adesso avrebbe cambiato.

Tenue e traballante nel grande buio della notte era la luce della lanterna al di là della quale, nello scosceso terreno, un precipizio poteva aprirsi e inghiottirlo, ma Giacomo Taglieri a tratti chiudeva gli occhi, lasciandosi andare sicuro al dondolante ancheggiare della sua cavalcatura.

In fondo al pendio, poco prima di arrivare alla masseria, un denso e acre odore di letame lo investì, ritrovandone all'improvviso tutta la calda, avvolgente intensità.

Provò un ribuffo di nostalgia per la sua vita passata – subito rimosso come una colpa al pensiero della sua privilegiata condizione di vita in città – mentre l'abbaiare dei cani si trasformava in festoso ululato.

Legò l'asino al ferro e diede un colpo di bastone alla grande porta che immetteva in un'ampia corte interna, tutt'attorno chiusa da bassi casamenti adibiti a magazzini, stalle, ricoveri per i servi. Sentì un inquieto agitarsi umano e animale che, però, alla sua voce, si allentò in una rassicurata sequenza di passi e movimenti.

«Un servizio per il padrone» gridò agli insonnacchiati compagni.

La porta della corte si chiuse alle sue spalle.

Per ore nel silenzio della piovigginosa campagna si diffuse un rumore di zappe e pale, di terriccio e pietre smosse, di incitamenti e imprecazioni che infine – era quasi l'alba – divenne invocazione, preghiera, urlato stupore.

Ritornò a precipizio dal suo padrone e gettandosi ai suoi piedi e chiamandolo santo – ad Antonio Centorbi per più notti il Crocifisso era venuto in sogno intimandogli di dissotterrare la sua interrata immagine – gli annunciò il prodigioso ritrovamento.

Insieme ridiscesero alla masseria, ma d'urgenza fu rimandato in città a chiamare la donna pittora per un immediato intervento di ricomposizione e di restauro degli sparsi frammenti.

Col cuore in gola e l'anima leggera, Giacomo Taglieri risalì per la seconda volta l'irta mulattiera, improvvisamente liberato, in quella fredda alba del giorno della Circoncisione, dai quotidiani affanni della sua vita di servo: l'ansia di darsi da fare in mille modi per compiacere il suo padrone e restare in città; il desiderio, sempre frustrato e sempre risorgente, di scudi e dame che mai avrebbe potuto possedere; il doloroso morso della sua intelligenza, mortificata e compressa nella sua condizione servile.

Per la prima volta libero e contiguo all'Eterno: a quel Santo Crocifisso che dal profondo della terra quella notte aveva disseppellito.

III

Annarcangela non si rende ancora conto di come sia arrivata laggiù, mentre guarda smarrita tre grossi frammenti alla meglio ricomposti – gli altri, incomponibile minuzzaglia – su cui però tra crepe e macchie d'umido poche tracce del sacro corpo s'intravvedono.

Tutto è accaduto in un lampo: il frenetico bussare, l'affrettato alzarsi e rivestirsi, il confuso raccogliere spatole, graffietti, colori e pennelli.

«Presto, il signore Gesù non può aspettare» le aveva gridato in uno stato di irriconoscibile esaltazione Giacomo Taglieri, dal cui agitato racconto aveva capito che qualcosa di prodigioso stava accadendo: il soprannaturale di un evento di cui anche lei, l'epilettica pittora, si trova immeritatamente al centro.

Esterrefatta interroga i disseppelliti frammenti. Un'indicibile debolezza risale dalle mani al cuore alla mente: l'impotenza dei suoi finiti colori di fronte all'eterna policromia dell'evento. Intensamente prega.

E in fondo all'abisso in cui si occultano muti e inaccessibili i colori e le forme del divino comincia a gorgogliare una liquida luce: tra le sbiadite tracce di giallo, di nero, di celeste a poco a poco si ricompone il corpo del Cristo morente mentre lame d'azzurro s'aprono vivide nel cielo del Golgota.

Sente gli sparsi accadimenti del suo precario esistere gioiosamente risalire dall'infinito delle generazioni confluendo nitidi e necessari nella perenne simmetria dell'Evento.

Sceglie i colori, i pennelli. Ma la gioia si trasforma in sgomento: un'improvvisa nebbia sale dalle viscere, sonnolenta l'avvolge.

«Cancillati i me piccati, mantiniti a menti mia» grida sentendo gli occhi pesanti come di sonno, la mente venir meno e la mano muoversi straniera ai confini del corpo.

Le braccia di Giacomo Taglieri la sorreggono.

Riapre gli occhi: sul piccolo affresco meravigliosamente restaurato brillano i colori numinosi del Cristo che attraversa incolume la morte e pietoso soccorre l'afflitta umanità.

Riconosce il volto della donna ai piedi della Croce: sì, è il suo quel naso, sua la bocca, gli occhi, ma nuova la luce di certezza che ha cancellato la piega rassegnata del suo volto quotidiano allo specchio.

Annarcangela si stringe gli abiti addosso. Il tempo ordinario dei giorni torna a ruotare nel freddo mattino invernale: un cielo di nuvole basse e il battere insistente e minuto della pioggia; ma il biondo trascolorare della campagna estiva invade la sua mente.

Prende il pennello, lo intinge nel giallo, e nella parte bassa del piccolo affresco scrive: *Primo Gennaio 1708*.

Postfatto

«Cancillati i me piccati, mantiniti a menti mia» ripeté per ore, come una cadenzata litania, la folla nel frattempo accorsa, mentre la donna pittora, dal profondo del sonno in cui era caduta, miracolosamente restituiva forma e colore alla frammentata immagine del Crocifisso; la stessa invocazione che con devozione e passione per secoli davanti a quell'immagine altre folle ripeteranno: sciancati, orbi, contagiosi, bambini ulcerosi, ma soprattutto gli insani che ridevano e piangevano immotivatamente – e prima o poi finivano nelle case dei matti –, i malinconici, gli inquieti, gli epilettici, costretti agli aculei del cilicio, a dolorosi esorcismi, tutti i nomadi della mente e del cuore che, come Annarcangela, non chiedevano rimedi per il corpo ma soccorso al vacillare della mente, al suo impotente cedere agli assalti di invisibili aguzzini.

Sul luogo dell'evento subito dopo fu costruito un santuario, meta di mercanti e pellegrini che per necessità di grazia, per semplice devozione o per gusto d'avventura, si mettevano in viaggio venendo anche da lontano – da Acitrezza, da Cesarò, da Messina – e portandosi dietro tutte le cose importanti.

Era l'avventura di due, tre giorni nell'ignoto, nel diverso, la possibilità di incontrarsi tra sconosciuti, scambiarsi esperienze, raccontarsi storie, bivaccare per giorni davanti al santuario, assistere a prodigi, comprare e vendere bestie, granaglie, immaginette votive, oggetti vari, incontrare mendicanti, saltimbanchi, giocolieri, sottrarsi a ruoli e convenienze, perdersi nel flusso dell'andare.

Quel fervore di vita, al Santuario del Soccorso, si rinnovò fino al 1867 quando, su traballanti carrette – nel frattempo era stata costruita una comoda rotabile –, circa un migliaio di colerosi, ancora agonizzanti, vi furono portati e seppelliti in fosse comuni nell'orto attorno al romitorio.

Il luogo, per decenni abbandonato, ai primi del Novecento venne bonificato e restituito alla pubblica devozione, che ancora oggi resiste; ma le parole della donna pittora sono ormai ripetute distrattamente, come un'infantile filastrocca, dai devoti che, adesso, al Santuario del Soccorso ci arrivano in pullman.

Fino a trent'anni fa rigorosamente a piedi. Discesa e risalita.

Ci si incamminava nottetempo, sostando e salmodiando a tutte le stazioni della Via Crucis disseminate lungo la mulattiera: una lenta discesa giù, nel buio che man mano si scioglieva nel chiarore ambiguo dell'alba.

Poi la risalita, leggera e gaia per la larga strada asfaltata, assaporando rosse azzeruole da casuali alberi: insieme ai peccati erano andate via anche le brume della notte; gli adulti – talvolta anche mia nonna: una bionda Anna del 1889 – raccontavano lunghe e complesse storie ai più giovani.

A volte perdevo il senso e il filo di quelle storie.

Poi a distanza ritrovato: lì, nel fondo di un metamorfico bosco.

Lo splendore del niente

Premessa

A scorrere l'elenco telefonico non si trova traccia del cognome Perremuto, tra il Sei e il Settecento, appartenuto a una superba famiglia al centro della vita politica di Calacte, il cui grande palazzo rinascimentale, nel Piano di San Giuliano, era sopravvissuto indenne al terremoto: nello stemma nobiliare, ben in vista sul portone, campeggiava l'imperitura testa di una fiera a fauci aperte, minaccioso avvertimento a chi si accingeva a oltrepassare la soglia.

Ma nei primi decenni dell'Ottocento la discendenza maschile si era già estinta, e il cognome sperso in anonimi labirinti genetici. Il palazzo cambiò nome e proprietà: diventò Palazzo Crescimanno.

Con tale nome continua a essere indicato, ma i locali del piano terreno sono adesso affittati a piccole botteghe artigiane, mentre nei miniappartamenti del piano alto abitano rispettabili professionisti in transito lavorativo a Calacte.

Solo tra gli arredi e gli affreschi dei silenziosi saloni del piano centrale resistono impercettibili echi di un irrevocabile passato.

Primo movimento:
Donna Innocenza Palmieri

Non ci furono scaldini, conche, ardenti camini che potessero bastare, in quel freddissimo inverno del 1699, a riscaldare gli ampi saloni del palazzo tra cui, in attesa di sgravare da un momento all'altro, tutta imbacuccata si aggirava Donna Innocenza Palmieri.

Ma la nascita di Ignazia – prima femmina dopo sei figli maschi – fece subito dimenticare l'apocalittico freddo all'infreddolita baronessa e gli irreparabili danni delle gelate nei seminativi al barone Federico Perremuto, entrambi totalmente assorbiti dai preparativi per festeggiare degnamente, sul finire della primavera, quella nascita: una sfarzosa festa che sancisse la nobile appartenenza della neonata Ignazia, ribadendo il prestigio e l'egemonia della famiglia nella città.

Una ventata di rinnovamento attraversò il palazzo; il velluto rosso delle tappezzerie fu sostituito con le delicate tonalità pastello di una fine seta damascata, mentre i massicci arredi lasciarono il posto a una mobilia più leggera e aggraziata che maestri d'ascia e decoratori, appositamente venuti dalla capitale, realizzarono nel nuovo stile in voga a Napoli e a Parigi.

Ma la sera del memorabile ricevimento la festeggiata Ignazia pianse tutto il tempo a dirotto mentre la baronessa la mostrava, confusa e imbarazzata, agli insigni convenuti: una cosa paonazza e stizzita tra nastri e merletti.

Donna Innocenza Palmieri aveva desiderato con tutte le sue forze quella figlia, e che sarebbe stata femmina l'aveva saputo fin dal primo mese di gravidanza.

La notte del concepimento – successivamente si convinse che proprio quella era stata la notte – a differenza di altre volte che per ore restava insonne e agitata, si addormentò subito; sognò una sua sorella morta bambina per infezione di cavallette che porgendole un lume acceso le disse: «Sono venuta a portarti questa luce», mentre la stanza si riempiva di invisibili voci infantili.

Intuì un presagio di buona speranza che lì per lì non seppe decifrare.

Il senso del sogno le fu chiaro circa un mese dopo, quando le sentinelle sugli spalti avvistarono un mobile punto nero all'orizzonte e diedero l'allarme. Dall'alto di torri e balconi, di tetti e campanili, ogni cittadino seguì con la morte nel cuore il fatale avanzare delle cavallette.

Anche Donna Innocenza affacciata al più alto dei suoi balconi vide il piccolo punto in movimento dilatarsi in vasta e oscura nube che con orribile stridore si avvicinava alla città, ma la nube passò senza fermarsi, sparendo verso occidente.

D'improvviso le fu chiaro il legame tra il sogno e il passaggio, senza soste e danni, delle funeste locuste che trent'anni prima avevano invece causato la morte della sorella: vivo sarebbe nato il suo settimo figlio. E femmina.

Ignazia non fu la figlia docile che aveva immaginato, ma un'ostinata bambina in perpetua lite con i fratelli che spesso riempiva di strilli e di gorgheggi i severi saloni del palazzo: più di ogni cosa infatti le piaceva cantare.

Non ancora adolescente Donna Innocenza per farle piacere la condusse per la prima volta ad una festa teatrale. L'eccitazione della figlia per la novità dell'evento si trasformò in concentrato rapimento quando il canto del sopranista dilagò alto e limpido nella stellata notte, decrescendo infine in melodioso sussurro.

Ma alla fine della prima parte imprevedibilmente Ignazia salì sul palcoscenico, cominciando a voce spiegata a gorgheggiare. Caparbiamente: la dovettero trascinare via di peso.

Per una settimana fu castigata nella sua stanza all'isolamento e al silenzio. La serva che l'accudiva riferiva ai genitori che la bambina con monotonia e ostinazione ripeteva: «Perché sono femminella, io no?».

Donna Innocenza restò disorientata dalla domanda della sua amatissima figlia che sembrava non riconoscere l'ordine naturale delle cose: che cantano gli uomini, i castrati, e mai le donne. Che così era il mondo, dai tempi dei tempi. E sempre sarà.

Per toglierle quell'orribile cosa dalla testa, le fu vietato di cantare. E Ignazia non cantò più. Ma non riuscì più a condurla a teatro – nemmeno l'inflessibile barone ci riuscì: con lei troppo arrendevole – e quando per dovere d'obbedienza il Direttore spirituale ve la costrinse, Ignazia nulla vide e nulla sentì: né le eleganti tolette delle dame, né l'animazione delle scene, né il sublime contrasto tra il contraltista e il sopranista, come fu costretta a confessare a Padre Antonio Macusi, messo sull'avviso da una donna che l'aveva vista starsene tutta la sera a occhi chiusi, come dormiente.

Fu la prima delle inquietanti domande che, talvolta dopo giorni di scontroso silenzio, la figlia adolescente all'improvviso le poneva. Una volta mentre lei le stava raccontando del sogno premonitore della sua nascita, bruscamente le chiese: «E io dov'ero prima della nascita? Dov'era il mio corpo di carne, la mia anima di fiamma?».

Donna Innocenza rimase sbalordita e senza parole.

Ignazia era esattamente l'opposto di ciò che lei si aspettava: da capricciosa bambina si era trasformata in eccentrica giovinetta che rifiutava la vita di società preferendo al comodo e al lusso del suo palazzo un'angusta stanzetta nella zona servile. Era obbediente, ma di un'obbedienza asciutta, doverosa, da cui la madre si sentiva più intimidita che soddisfatta: un'obbedienza talvolta apertamente rifiutata; e per evitare che la fragile e ostinata Ignazia morisse per fame o impazzisse per il troppo pensare, aveva dovuto chiedere il deciso intervento di Padre Antonio Macusi, che le aveva drasticamente limitato il digiuno solo all'Avvento e le troppe letture ai soli libri di devozione.

Man mano che passavano gli anni la baronessa sentiva un invalicabile muro sempre più dolorosamente separarla dalla sua singolare figlia, tanto diversa dalle figlie delle altre dame: disprezzava ogni femminile apparato inseguendo solo i percorsi tortuosi della sua mente, come se anima e corpo, religiosa devozione e mondana bellezza fossero in perpetua guerra.

Ormai ventenne Ignazia ancora in quella disadorna stanza se ne stava: tutto il giorno a pregare, a scrivere, a digiunare, come se un inconsolabile lutto la costringesse.

«Povera figlia mia» sospirava la baronessa, spesso pensando all'ultimo trapasso che a grandi passi per lei e il barone si avvicinava, e all'incerto destino della figlia nella cui testa giravano allarmanti domande e inaccessibili pensieri.

Secondo movimento: il conte Otto Ferdinand Trahun

Le inaccessibili stanze dell'arroccato *castello interiore* di Ignazia, che tanto angustiavano Donna Innocenza, suscitarono l'intenso interesse del conte Otto Ferdinand Trahun, nel tardo autunno del 1719 ospite per qualche tempo nel palazzo del barone Perremuto.

Quell'anno molti furono i diplomatici e i militari, che parlavano tedesco, in transito o di stanza in Sicilia per preparare il passaggio dell'isola all'imperatore d'Austria Carlo VI a cui con un segreto accordo, l'anno prima, il re di Sicilia Vittorio Amedeo II di Savoia l'aveva ceduta in cambio della Sardegna. Profonda era stata la delusione dei siciliani, che vedevano sfumare il sogno di un autonomo regno, e rabbiosa la controffensiva militare della Spagna, che da quasi due decenni ne tentava la riconquista.

Il conte Trahun si trovava in Sicilia fin dall'inizio dell'anno, impegnato nei campi di battaglia e, di tanto in tanto, anche in delicate missioni diplomatiche, come quella di quel dicembre; in viaggio da Palermo a Siracusa, pensava infatti di fermarsi a Calacte: il tempo per riservati abboccamenti con i notabili dell'importante capoluogo di circoscrizione e per far riposare uomini e cavalli dalle fatiche del lungo e disagevole percorso.

Abituato ai nevosi inverni del Nord, era stordito dal fulgore di luce decembrina che lo accompagnava durante il viaggio: avrebbe preferito un cielo annuvolato e una rinfrescante pioggia.

In Sicilia non pioveva da mesi – era quello l'inizio di un lungo periodo di siccità che si protrarrà fino al 1724 – e in tutte le città che attraversava, trovava una grande mobilitazione religiosa: processioni, esposizioni di santi e di reliquie, pubbliche espiazioni che osservava con tollerante scetticismo.

Per il luterano e colto conte le religioni tutte si assomigliavano, e tutte – come il luogo di nascita, le ricchezze, la famiglia – erano casuale e involontario destino, ma, se con saggezza gestite, potevano ben servire al governo del mondo.

Non aveva particolare attenzione per la religione, ma poiché bisognava di necessità averne una, si teneva quella dei suoi parenti e del suo paese, rispettosamente seguendo la dottrina di Lutero.

La prima volta che il conte Trahun la vide, così dimessa e ordinaria in confronto alle morbide forme e alla raffinata eleganza della baronessa, non riuscì a trattenere un moto di sorpresa: Ignazia era in totale contrasto con lo sfarzo, i comodi e gli agi domestici del palazzo.

Quando però, durante la cena, ne incrociò gli occhi grigi – più curiosi che diffidenti verso il suo accento straniero – ne avvertì subito l'igneo temperamento. Ne ebbe conferma dopo il pasto serale, dalla conversazione che con lei intrattenne: un delizioso rituale che ogni sera si ripeté, tra lo stupore e l'inattesa speranza dei genitori.

Da mesi abituato agli elaborati e defatiganti cerimoniali verbali della nobiltà siciliana, restò fortemente impressionato dalla frontalità e dal lucido intelletto della giovane donna che intensamente e senza riserve si coinvolgeva nella discussione, specie su temi religiosi.

E lui – per trattenerla – ogni sera insisteva su quei temi, il cui sviluppo era imprevedibile, finendo talvolta in un accanito contraddittorio teologico, talaltra in intime e malinconiche riflessioni sull'esistenza. In questi casi fortemente lo turbava la radicale affermazione del niente di Ignazia.

«Tengo sempre innanzi agli occhi della mente che prima di venire al mondo ero niente; dappocché fui venuta: fui e son peccatrice. E quando passerò di questa vita il mio corpo diverrà cenere», gli aveva detto una volta: un intransigente no alla vita e all'amore. Al suo amore, pensava desolato il conte che, durante i suoi traffici diurni, attendeva con ansia crescente l'incontro serale, come se l'ulteriore conversazione potesse finalmente aprirgli le asserragliate stanze del suo cuore: capiva che la disponibilità d'Ignazia non era di cuore, ma d'intelletto.

Il conte però compensava il deludente reale con i virtuali e trasgressivi scenari del suo teatro mentale; soprattutto gli piaceva indugiare sull'immagine di lei mentre, in una sobbalzante carrozza, sedeva senza resistenze accanto a lui: sentiva vicinissimo lo scatto ardente della sua mente, le labbra intelligenti, la calda pressione del seno, definitivamente ancorata alle sue braccia che forte la stringevano.

Un'insperata felicità lo invase perciò quando, avendo ormai deciso la partenza per il 17 dicembre, Ignazia, con gli occhi luminosi e febbrili delle sue conversazioni religiose, lo scongiurò di non partire: i proceri avevano già avvisato la città che lo svelamento della Conadomini avrebbe portato la pioggia; e a lei stessa in sogno la Vergine aveva raccomandato di trattenerlo: grandi tempeste l'avrebbero sorpreso lungo la montuosa e difficoltosa rotabile per Siracusa, con rischio di vita.

Più lusingato che convinto dalla passione delle sue parole, rimandò la partenza, promettendole che se la previsione si fosse avverata, sarebbe diventato cattolico.

Dopo mesi di siccità, piovve per giorni.

La piena d'acqua trascinò travi, bestie, suppellettili, e alcuni abitanti dei quartieri bassi della città, di cui non resta memoria.

Memorabile fu invece la conversione del conte Trahun che l'anno dopo, nella cattedrale di Messina, tra il gaudio popolare e solenni Te Deum, ricevette il battesimo dalle mani dello stesso vescovo di Patti.

Ignazia ugualmente non accettò la sua proposta di matrimonio, ma, trascurando ogni convenienza sociale, gli scrisse una lunghissima lettera: come un salvacondotto il conte la portò con sé, nei campi di battaglia di tutta Europa dove passò la maggior parte della sua esistenza. In essa trovò sempre sostegno morale e ispirazione esistenziale; a volte anche militare: fu infatti una voce interiore a illuminarlo quando alla fine di agosto del 1744 con manovre trasversali costrinse il re di Prussia a evacuare la Boemia, senza mai dargli possibilità di una battaglia campale.

Ma nei momenti di maggiore smarrimento e oppressione – in mezzo allo sterminato campo di battaglia che era l'Europa della prima metà del Settecento – lo soccorrevano soprattutto i due versi conclusivi di quella lettera; come sublime precetto e lenitivo viatico li ripeteva a se stesso: «*Il corpo in ceppi, libera la mente: non servo alcun, né d'altri son che mia*».

Terzo movimento:
Padre Antonio Macusi

I

A qualsiasi classe sociale appartenessero, per il direttore spirituale di Ignazia – Padre Antonio Macusi, gesuita e teologo nel Collegio degli Studi – le donne, per naturale inclinazione eccessive, si dividevano in due categorie: le moltissime, utili al vivere civile ma senza spirito e perdute dietro ogni sensibile apparenza; e le pochissime, con troppo spirito e ad essa del tutto refrattarie, che, se povere, diventavano magare, se nobili, monache pazze, nel delirio ritenendosi Terese e Caterine; tutte quante però – monache e magare – prima o poi finendo nei Tribunali della Santa Inquisizione.

E se non fosse stato per il rispetto verso la sua nobile famiglia – pensava avviandosi verso Palazzo Perremuto – anche la matura vergine Ignazia, con la sua ostentazione di diversità rispetto ad ogni naturale e femmineo moto dell'anima e del cuore, da un pezzo ci sarebbe finita: mai gli era capitata un'assistita così ostinata nei suoi proponimenti e così aliena da ogni civile costumanza, come se la ricchezza e la sanità, la gioia e la bellezza non fossero doni di Dio, ma ripugnanti colpe.

Invece di sedersi nel posto che in chiesa il rango e la nobiltà le assegnavano, avviluppata in un sozzo mantello, talvolta si accoccolava sul sagrato insieme a povere disgraziate che, senza risorse e senza famiglia, lì ci stavano per necessità.

«Padre, io son ben vestita, io son ben trattata: a me non manca niente. Dove consiste in me l'esser seguace di un Dio fatto povero per me?» era stata la sicura e orgogliosa risposta di Ignazia al suo fermo richiamo all'obbedienza: era certamente il diavolo - le aveva detto - a suggerirle quegli eccentrici gesti che tanto scompiglio e scandalo portavano nella città e nella sua famiglia.

La sua pretesa santità non lo aveva mai convinto.

Percepiva in lei le oscure resistenze e i presuntuosi convincimenti di un maschio e speculativo intelletto che, in dimessi abiti femminili, cercava in se stesso direzione e assenso, obbedendo spesso soltanto alla forma ed eludendo la sostanza dei suoi divieti, come in tante occasioni era accaduto: Ignazia resisteva ad ogni abbandono, ad ogni altrui affidamento. Anche con lui, il direttore spirituale: per ogni dama unica guida ed esclusivo confidente.

Un eccesso di virtù che camuffava un vizio di superbia, un peccato di ipocrisia: nulla aveva della squisita sensibilità della bella e pietosa Donna Innocenza, ma tutta al barone era, come lui inflessibile e supponente. Da anni perciò le imponeva un duro esercizio d'obbedienza e la mortificazione di ogni sua volontà: lei desiderava entrare in convento, ma lui non gliene aveva mai dato il permesso, né dopo la morte del padre, né adesso che anche la madre era morta. Né mai glielo avrebbe dato. Né le consentiva di frequentare le mistiche teresiane, sue amiche e confidenti, imponendole invece di visitare altre moniali che lei, ritenendole troppo frivole e mondane, avrebbe voluto evitare.

Per umiliarla, ma anche per evitare la sua greve e severa presenza, quando lei, dopo la messa, lo aspettava per parlargli, spesso fingeva di non vederla. Lui andava e tornava, parlava e confessava, o confidenzialmente si appartava con altre assistite, e lei sempre lì ad aspettarlo, silenziosa e immobile per ore: a inseguirlo con le acuminate frecce del suo freddo intelletto che – lui ne era sicuro – giudicava risibile e goffo il suo tentativo di ignorarla.

Provava tuttavia una sorta di pena per quell'esistenza bloccata, senza sviluppo che a volte, infantilmente, come a un padre severo e consapevole si rimetteva a lui: ma se era riuscito a impedirle di ammonacarsi, non era riuscito a persuaderla a maritarsi con il conte Trahun che, ancora dopo dieci anni, le scriveva dai posti più remoti dell'Europa. Non aveva però mai capito l'ostinato rifiuto di Ignazia. Del suo interesse era sicuro: poco dopo la sua partenza in confessione gli aveva raccontato di avere peccato con lui in sogno; l'unica volta che in quelle angolose forme aveva intravisto un'impetuosa natura femminile.

Nonostante la fatica e l'inconfessato disagio morale che quella direzione spirituale gli provocava, Padre Antonio Macusi sentiva che un contraddittorio legame, come quello tra l'usuraio e la sua vittima, lo legava oscuramente alla sua assistita: l'attrazione e insieme il bisogno di fuggire davanti a quell'anima in continua, implacabile ispezione di sé e del mondo, che solo nella contemplazione del suo nulla esistenziale sembrava trovare una transitoria quiete al suo affanno.

Padre Antonio Macusi saliva a passi lenti l'ampio scalone di Palazzo Perremuto, quasi a ritardare il più possibile l'incontro con la donna che, a letto con la febbre, d'urgenza l'aveva mandato a chiamare. Un richiamo a cui non poteva sottrarsi: l'aveva promesso a Donna Innocenza sul letto di morte, che sempre avrebbe vigilato sulla sua maldestra e bisognosa figlia.

II

«Padre, non ritiratevi: chi assisterà alla mia morte? Io m'incammino verso l'eternità» lo supplicò Ignazia, a forza trasferita dall'angusta stanza della zona servile in una più luminosa del piano centrale, e in un letto meno duro del duro paglicriccio che fin dall'adolescenza aveva scelto come giaciglio.

Il direttore spirituale non prese in considerazione né le parole, né la febbre: non era la prima volta che l'eccesso di digiuni, di freddo e l'accanita ricerca di ogni scomodità la costringevano a letto.

«E voi aspettate il mio ritorno, per morire» con scherzosa incredulità le rispose.

Le parole di Ignazia continuarono tuttavia a risuonargli nella mente mentre si avviava verso la carrozza che, dopo ore e ore di fastidiosa rotabile, lo avrebbe portato insieme agli altri confratelli nel lontano ritiro di Aci: una vaga apprensione e un sottile senso di colpa che anche lì, negli otto giorni di esercizi spirituali, di tanto in tanto riaffiorarono.

Quarto movimento: il delirio

Un brusio di luce obliqua nella stanza.

«Finalmente riposa» mormora rassicurata la serva.

Chiude le imposte. In punta di piedi si allontana.

Nel silenzio il respiro irregolare di Ignazia.

Un gorgogliare di parole, a tratti.

«Ignis, fiamma – vampa che alta dirompe e non si spegne – questo significa il tuo nome. Il fuoco però va governato, come l'acqua, la terra, gli alberi, le bestie».

Le parole del direttore spirituale tornano a invaderle la mente.

«Non canterò più, digiunerò solo all'Avvento» geme contrita.

Ma la voce del sopranista forza i balconi, dall'infanzia torna a battere alla mente: ahi, dolorosa virtù dell'obbedienza!

Si sorprende a cantare. In silenzio. All'interno.

Avanza tra i colori dell'affresco, nera sporgenza che li contagia: atona notte tra nota e nota, tra segno e segno.

Apre gli occhi: il canto precipita, si spezza.

Resiste l'insonne pulsare...
... la mente...
... tra il buio del prima e le fiamme del dopo...
... affamata, assetata...
... il volto incolore del niente...
... prima che luce e buio si separassero. «E io dov'ero?».

Padre Antonio è partito, la madre non risponde. È morta.

… la ritrova in fondo a un'ansa della mente,
giovane, con un frusciante abito verde e oro
mentre danza in una festa di canti e violini,
di lumi colorati e giochi d'acqua.
Una lumaca nel suo bellissimo volto avanza.
«Attenta!» le grida. La madre non risponde.
Di nuovo è morta. E non lo sa…

... mentre la furia del vento spalanca il balcone, strappa la tenda che si gonfia nell'aria sparisce a Occidente: assume forma di traballante veliero nel mare d'inchiostro di Barberia...

... per un attimo è, e più non è.

«Madre Teresa, aiutami tu» prega
mentre in un imbuto sta precipitando
la notte
espugna il castello, invade le stanze.

Cade un letargo di neve: tutto si raggela.

Si sveglia in una stanza d'oscura penombra. Si alza.

A piedi nudi va verso il balcone: giù, nel grande piano alberato, l'animato passeggio, il festoso incrociarsi di carrozze e portantine.

Il crepuscolo lentamente cede a una nebbiosa sera – le parole confuse, i suoni spenti – solo un incomprensibile brusìo nel passo ancheggiante delle dame, nell'impettita andatura dei cavalieri.

«L'ultima volta che ti vedo, mondo» pensa mentre da un'esistenza che non è la sua risale un cigolare di carrozza, si ferma davanti al suo palazzo: un passo deciso e il parlare straniero. Le mani forti del conte a sostenerla.

Il letto è lontanissimo: vacilla.

Si trattiene ai mobili, alle tende, passa davanti allo specchio.

«Chi sei?» domanda.

«Lo splendore del niente» risponde la mente già vacillante, dispersa: sabbia tra l'infinita sabbia, polvere tra l'infinita polvere della terra e del cielo.

È la prima ora della notte del 30 novembre 1730: faticosamente dopo millenni raggiunge il letto.

Quinto movimento: l'obbedienza

Ignazia Perremuto fu obbediente: attese il suo direttore spirituale che ritornò in tempo per darle l'estrema unzione e raccogliere le sue ultime parole.

«Addio ricchezze. Addio parenti. Addio amici. Addio tutto: andiamo» disse Ignazia e cadde in coma.

Padre Antonio Macusi volle ancora una volta mettere alla prova l'obbedienza della sua assistita.

Le prese la mano. La chiamò. «Ripeti con me *Gesù e Maria*» le ordinò.

«Gesù e Maria» dal profondo del coma Ignazia ripeté. E spirò. Era la seconda ora della notte del 1° dicembre 1730.

Epilogo

Se fosse nata a Parigi, e settant'anni dopo, forse Ignazia Perremuto sarebbe stata una di quelle *femmes-filosofes* che, nei club, nelle assemblee, nei comitati rivoluzionari, sul finire del Settecento, trasformavano in prassi le astratte speculazioni sull'uguaglianza e sulla libertà, decisamente affermando la parità tra i sessi, come la girondina Etta Palm, la giacobina Claire Lacombe o l'appassionata e singolare Olympe de Gouges; nel settembre del 1791 pubblicherà infatti *La dichiarazione dei diritti della donna e della cittadina*, dedicata alla regina Maria Antonietta, anch'essa in quanto donna considerata oppressa: una dedica che le sarà fatale, insieme a lei finendo i suoi giorni sulla ghigliottina.

Ma nel casuale e sterminato mare delle possibilità esistenziali in cui caso e necessità, genetica e storia capricciosamente s'intersecano, determinando quello che comunemente si definisce "destino", Ignazia si era invece trovata a vivere in uno spazio-tempo in cui la vita delle donne era ancora esclusivamente scandita tra famiglia e convento, tra chiacchiere e pratiche devote.

Scelse ugualmente la libertà.

Non poté però che viverla all'interno, opponendo al falso pieno di una vita agiata e senza possibilità di scelta, la solitaria e mistica avventura dell'anima: voleva imitare la vita e la santità, le nobili imprese e la divina estasi di Santa Teresa.

Ma, cercando l'estasi, trovò la mente e, in essa dilagante, il niente.

«Al dominio di questa vera cognizione del proprio nulla Ignazia pose tutta la sua cura» scrive, più di quarant'anni dopo la sua morte, un devoto e anonimo sacerdote ne *La vita della ben'avventurata serva di Dio Ignazia Perremuto*, pubblicato a Caltagirone nel 1780.

Senza forzare la segreta intimità di quelle che, con la metafora di Santa Teresa, la stessa Ignazia chiamava «le stanze del suo castello interiore», egli con discrezione ricostruisce i virtuosi e appartati accadimenti della sua esistenza, umilmente fermandosi davanti ai misteriosi abissi di un'anima che in punto di morte lancia uno struggente addio a quei beni mondani in vita sempre rifiutati.

L'anonimo biografo contrappone l'ascetica vita di Ignazia ai corrotti costumi delle donne; in quei libertini anni Ottanta esse, con scollacciate tolette, si lanciavano in ardite danze reclamando per iscritto nel contratto matrimoniale il diritto al cicisbeo: il galante accompagnatore di ogni dama nei balli, nei ricevimenti, nelle languide passeggiate al chiar di luna, mentre il marito faceva a sua volta da cicisbeo a un'altra dama, in un'interminabile catena di lussuriosi scambi.

«O tempora, o mores!» s'indignava il devoto sacerdote indicando a esemplare modello «la maschia virtù» di Ignazia Perremuto: quella maschia virtù che più di una volta aveva messo in crisi il ruolo di guida spirituale di Padre Antonio Macusi, chiamato, poco tempo dopo la morte della sua assistita, a insegnare teologia in una delle case gesuitiche di Palermo.

In quella città, dove la transitorietà di ogni bene mondano si manifestava in modo macroscopico e tra l'universale distrazione, Padre Antonio Macusi ebbe modo di riflettere a lungo su essa; le mansioni di maestro della più insigne nobiltà di frequente lo costringevano infatti a partecipare alla frivola e scintillante vita di corte: festini, monacazioni, ricevimenti che, tra calamità, lutti, guerre, cambiamenti dinastici, con le stesse modalità e gli stessi rituali si ripetevano. Assistette perciò con una sorta di vertigine interiore all'acclamazione di Carlo II di Borbone, primo re delle Due Sicilie – per i nuovi equilibri europei l'isola nel 1739 era passata dagli Asburgo d'Austria ai Borbone di Spagna –: un'acclamazione grande ed entusiastica, come grandi ed entusiastiche erano state quelle che dall'inizio del secolo si erano succedute per sovrani di dinastie sempre diverse.

Mentre numerosi a Palermo circolavano – e lo inquietavano – violenti libelli antigesuitici, ripensava sempre più spesso, con un senso di colpa e di impotente nostalgia, a Ignazia, invidiando il suo coraggioso strapparsi di dosso ricchezza, nobiltà e affetti, ma dolorosamente riconoscendo la sua incapacità a privarsene; con gli anni il ricordo di Ignazia diventò quasi un'ossessione a cui, intorno alla metà degli anni Cinquanta, la stesura e la pubblicazione della sua biografia posero fine.

Ma la vera cognizione del nulla – lacerante scheggia nel dentro della sua carne e della sua mente – gli si rivelò in tutta la sua drammatica evidenza quando, ormai vecchissimo e malato, nella sua città natale diede alle stampe una nuova edizione di quella biografia; ma questa volta fu costretto a pubblicarla anonima.

L'incrollabile e potentissima Compagnia di Gesù già da più di dieci anni era bandita come criminale congrega dal Regno delle Due Sicilie e il santo esercito dallo stesso pontefice sciolto e disperso: Padre Macusi era ormai un clandestino senza patria, senza nome, senza pubblica esistenza.

I gatti dell'isola nomade

Premessa

Furono pochi i giorni nella vita di Carlo di Borbone in cui il re, imbracciato il fucile, non andasse, con la pioggia o il bel tempo, in pace o in guerra, tra i folti boschi o la bassa macchia delle sue regie cacce a inseguire una guizzante lepre o il policromo piumaggio di un fagiano; solo nello stremante impegno della caccia si placava il terrore della pazzia che vedeva cupamente gorgogliare nei comportamenti eccentrici del fratellastro e negli occhi idioti del suo primo figlio maschio, ma che talvolta sentiva con spavento risalire, in forma di sinuosa e pervasiva malinconia, anche dal profondo di sé avvolgendo in spire depressive ogni suo agire.

Un'attività terapeutica, che trovava una fastidiosa limitazione in cacciatori di frodo e fameliche bestie. Nei gatti, soprattutto: indomabili guastatori di fagiani. Con un'ordinanza, che prevedeva torture, galera e confisca dei beni, nelle regie riserve interdisse perciò l'uso delle armi, per i gatti decretando la soluzione finale.

A Procida, dove Carlo durante annuali soste si recava a impallinare fagiani, l'applicazione del decreto fu inflessibile; da privato possedimento dell'ultimo e lontano barone di Alvalos, che nessun procidano aveva mai visto, l'isola era infatti diventata regia caccia, amministrata da un governatore scelto dallo stesso re tra gli uomini più zelanti venuti al suo seguito dalla Spagna.

Ma indiscussi beneficiari nell'isola erano i ratti: uscivano ormai anche in pieno giorno a rosicchiare indisturbati granaglie, cacio, pesce e incustoditi neonati nelle culle.

I

Non erano gli allarmanti avvistamenti, al largo, di imbarcazioni barbaresche ad angustiare i giorni e a ossessionare le notti del governatore, ma l'ostinata congiura umana e la sorda resistenza felina contro la reale ordinanza, che soprattutto in canoniche e conventi si concentravano: per demoniaca e segreta scienza, era convinto il governatore non era forse il gatto, il conclamato *spiritus familiaris* di ogni strega? Debellati dalle civili abitazioni, proprio tra frati e monache i gatti andavano a rifugiarsi trovando cure amorose e certo asilo. Che, per catturarli, era costretto a forzare.

Non era passata una settimana dall'irruzione nel convento dei Domenicani, che quella sera gli era arrivata la segnalazione di tre gattini nel Conservatorio delle Povere orfane: custoditi, per consapevole sfida alle reali istituzioni – ne era certo – dall'infida signora badessa; infida e ambigua: la sua proterva ribellione era certo segno e indubitabile conferma delle voci che avevano preceduto il suo arrivo nell'isola – misteriosi travestimenti, notturni incontri con lazzaroni... Nessun riguardo, dunque, con lei: non poteva correre rischi.

Mancava meno di un mese all'arrivo del re; quindici giorni di soggiorno reale che ogni anno trasformavano l'inospitale isola in scintillante corte; e lui – il governatore – ne sarebbe stato, come ogni volta, indiscusso protagonista: a fianco di sua maestà, nelle diurne partite di caccia e nelle notturne partite a carte di biribissi o a reversis. La benevolenza del re lo faceva ben sperare: presto forse richiamato a Napoli, ministro forse al posto del ciarliero e inconcludente Fogliani...

Ripassò mentalmente gli anni di devoto servizio: mai un errore, una svista; mai un'incuria nell'applicazione dei reali decreti. Mai una compromissione o un cedimento con chicchessia. Al pensiero che nelle reali orecchie potesse giungere un pur flebile miagolio sentì il peso del buio e tutte le oscure insidie della notte gravare sui suoi occhi insonni: il flebile miau miau divenne indomabile miagolare di un sommerso popolo di gatti che da tutta l'isola risaliva famelico verso il castello, e si vide, disprezzato e inetto funzionario, andare ramingo e senza dignità per tutto il regno.

Balzò dal letto inesorabilmente sveglio. Con meticolosa cura indossò l'abituale vestito di cacciatore – fin dal suo arrivo a Procida aveva abbandonato codino ghette e redingote per assumere un abbigliamento più pedagogico per i sudditi – e, con il lume in mano, si diresse verso l'altra ala del castello ad aspettare il mattino nel grande salone delle udienze.

Tra dispacci, insegne e sigilli – visibili e certi segni del suo discrezionale potere sull'isola – le ossessioni notturne si allentarono: ci sarebbe riuscito a eliminarli tutti, a costo di andare di persona a stanarli di casa in casa, di convento in convento.

D'impeto scrisse la convocazione che, con un insonnolito e ciondolante gendarme, d'urgenza mandò al destinatario mentre i bordi del cielo dietro Napoli cominciavano a tingersi di un larvale rosa.

II

Respirando a pieni polmoni l'odore di zagara e salmastro di quella mattina di primavera del 1749, Don Tommaso Ferrara – uno dei centodiecimila ecclesiastici che nello Stato di Napoli si prendevano cura della salute spirituale dei sudditi di Carlo di Borbone – risaliva a passo spedito il lieve pendio che portava al castello; a passo spedito, e con una certa riluttanza interiore: la prospettiva della faccia del governatore – querimoniosa nel chiedere e meticolosamente petulante nel comandare – offuscava un po' quel fulgore di luce mattinale.

I buoni rapporti con le autorità civili erano però l'inevitabile condizione per mantenere l'armonico equilibrio raggiunto dalla sua esistenza che a un vascello, guardando il mare, paragonò; un vascello che tra secche, tempeste e bonacce, era tuttavia riuscito a trovare venti favorevoli portando ad un sicuro approdo la sua vita, alla nascita povera e senza prospettive; figlio, tra i tanti, di uno stalliere dell'eccentrico principe di Fluentes che, notando la sua infantile abilità a ripetere i versetti in latino della messa – ritmica cantilena a voce spiegata mentre aiutava il padre nelle scuderie – per assicurarsi preventivamente una sbrigativa sosta in purgatorio, ne volle fare il *suo* prete; gli assegnò una piccola pensione per gli studi con l'obbligo mensile, dopo la sua morte – come fu registrato nell'atto notarile –, di una solenne messa in suffragio della sua anima.

Un veliero, dunque, che per fortuna di circostanze, abilità d'ingegno e tenacia di disciplina anni prima lo aveva fatto approdare – rispettato e autorevole sacedote – nella selvatica e amata Procida: a poche ore di battello da Napoli, ma esotica nelle costumanze come remota terra straniera; una dimensione di vita autarchica, che era il mare a scandire, tra ritmi lenti e sonnacchiosi e l'improvviso irrompere di tempeste e incursioni barbaresche.

Ma l'arrivo del governatore... La livida luce di un lampo per un attimo gli attraversò la mente. Che la convocazione, a quell'insolita ora del mattino, riguardasse i tre graziosi gattini del Conservatorio, di cui era confessore? Subito rimosse l'allarmante ipotesi.

Passava interi pomeriggi a confessare orfane e monache: peccati leggeri – piccole invidie, ingenue gelosie, qualche atto di solitaria lussuria che ascoltava col sottile turbamento di penetrare clandestinamente in un segreto universo femminile; le visite si concludevano con dolci, vino aromatizzato, e riservati colloqui sull'andamento del convento con la pietosa e temeraria badessa che con affetto e rispetto tutti chiamavano Sant'Ammiraglia. Durante un'incursione barbaresca era andata di persona a pattuire con il capo dei pirati il prezzo del riscatto di alcune prigioniere; una temerarietà che diventava agguerrito accanimento, causidica e ostinata difesa della libertà del convento contro le interferenze del governatore. Contravvenendo alle sue disposizioni di rigettarli immediatamente in mare, qualche anno prima aveva dato asilo a giudei colti dalla tempesta mentre per volere del re si allontanavano da Napoli; un'intransigenza morale, quella della badessa, di cui profondamente capiva il senso: fraterna e a lui uguale nel trasformare la necessità di una condizione – quella fatalità di nascita e di eventi che per loro aveva stabilito lo stato ecclesiastico – in affermazione di libertà, autonomia di decisione.

Le loro conversazioni con gli anni erano diventate sempre più variegate, spesso addentrandosi negli avventurosi resoconti di viaggiatori e nella bizzarra bellezza di ignoti mondi di là dal mare; quella favolosa immaginazione dell'ignoto che accendeva gli occhi e la parola della badessa, e alimentava di una speciale cura il suo affetto per l'orfana Margherita, come se quel corpicino d'infedele – superstite tra i flutti in un'imbarcazione barbaresca alla deriva – conservasse invisibili scritture di un diverso e misterioso paesaggio.

Restavano a lungo nel piccolo parlatorio mentre talvolta sentiva l'indomito pulsare delle onde impercettibilmente insinuarsi in liquide e sotterranee grotte sotto Procida fino a disancorarla dalla stabilità del sito: e l'isola allontanarsi nomade tra marosi e libeccio.

Con un ventoso e smemorante sciabordio in mezzo agli occhi, Don Tommaso si ritrovò d'improvviso nel punto più alto della Terra Murata.

Riprese lucida vigilanza di sé ed entrò nel castello.

Alla fine del breve colloquio con il governatore Don Tommaso si diresse a precipizio verso il Conservatorio per portare la perentoria ambasciata alla badessa.

Inutili erano state le sue osservazioni sull'innocuità dei tre gattini chiusi nel convento e sulla pericolosità dei topi, che avevano mortalmente assalito più di un neonato; inutile il richiamo alle manifestazioni di protesta dei procidani e al malcontento popolare sul punto di degenerare in rivolta; laconica e imperturbata la risposta del governatore: «Li farò fucilare tutti, uomini e gatti».

Grandissimo era stato lo sforzo di Don Tommaso per dominare la furia deflagrante dell'ira; un peccato che, soprattutto negli anni del seminario – per la calunniosa invidia dei compagni e l'ingiustificata prepotenza dei maestri – molto lo aveva tormentato, imparando anche, con silenti e rabbiose lacrime, a dominarlo: cagnola dormiente che però l'impotenza del ragionamento di fronte alla stolida prepotenza del governatore aveva di colpo risvegliato.

Al Consevatorio le trovò tutte – monache e orfanelle insieme alla badessa che soprintendeva – lietamente impegnate a passare in rassegna musiche, canti, versi e laudi da approntare per l'arrivo del re.

Non ebbe cuore di interromperle e assorto rimase a guardare le prove.

Infine, l'amara ambasciata.

«Non lascerò che li portino via» disse con intensità la badessa, aggiungendo con maggiore intensità – sussurro, sospiro, soffio della sua voce incrinata: «Vi prego, non abbandonatemi».

«Mai ti abbandonerò» rispose adesiva la sua mente, mentre sentiva la sua voce dirle con contenuto affetto: «Non temete, conoscete la mia devozione al Conservatorio. Pensiamo piuttosto a scamparli».

Seguì la badessa tra le labirintiche stanze del

palazzo, un tempo arroccata e medievale dimora, a picco sul mare, di Giovanni da Procida.

Era già pomeriggio inoltrato quando, per la seconda volta, risalì verso il castello per riferire il deciso rifiuto della badessa a consegnare i gatti.

Ma anche il suo radicale no all'insensato decreto e all'insensibile governatore.

III

Da un piccolo spioncino nella parete il governatore, senza essere visto, lo osservava: Don Tommaso percorreva in lungo e in largo il grande salone delle udienze di tanto in tanto fermandosi davanti a armi, uccelli impagliati, pitture e incisioni con soggetti di caccia, che egli, per ricordare a chi vi capitava la funzione dell'isola e i conseguenti doveri per i sudditi, al suo insediarsi aveva fatto appendere alle pareti.

Lo vide sostare a lungo davanti alla preziosa incisione del Seicento che, nello sfondo di un ameno paesaggio campestre, raffigurava un grande fagiano nell'atto di nascondere la testa sotto l'ala; nella parte alta una scritta concludeva e commentava la scena «Stolida credulitate perit»: quella stupida credulità che rendeva i fagiani vulnerabili e facili prede di gatti e cacciatori di frodo. Che da essi – per preservarli e offrirli, vivi e in buona salute, alle pallottole di sua maestà – doveva con quotidiana vigilanza difendere.

Stette qualche altro minuto a osservarlo, soddisfatto dell'insofferenza sempre più visibile del prete. Infine con aria marziale e stivaloni da cacciatore, fieramente entrò nel salone delle udienze.

Con tutte le risorse della retorica e del cuore, delle sacre scritture e delle profane, Don Tommaso tentò dapprima le vie della persuasione: una difesa a oltranza del diritto – e della necessità – dei gatti all'esistenza che fece esplodere il governatore in una insultante requisitoria contro procidani ed ecclesiastici, tutti infidi sudditi della reale maestà; alle parole «Bastarde del Conservatorio» e «Ammiraglia dei lazzaroni», Don Tommaso sentì il flusso del sangue deviare dai consueti giri affluendo, ardente e irrefrenabile, agli occhi e alle mani.

Alle guardie, che al rumore di tempesta marina proveniente dal salone delle udienze accorsero, si offrì uno spettacolo che da lì a qualche ora tra la generale ilarità si riseppe in tutta l'isola: tra una confusione di carte, sigilli, piume d'uccelli, Don Tommaso pestava furente la preziosa incisione del Seicento, brandendo una cerbottana davanti all'atterrito governatore che in vesti di cacciatore si rimpicciolIva sempre più sotto il suo alto scranno.

IV

Furono tanti i corridoi, le stanze, i sotterranei del palazzo del Conservatorio che gendarmi e guardacaccia, guidati da un flebile miagolio, attraversarono, prima di giungere a una stretta apertura nella parte posteriore dell'edificio dove una vertiginosa scala scavata nella roccia portava direttamente al mare. In un piccolo anfratto a fianco del primo gradino trovarono nascosti i tre gattini, tremanti e spaventati a morte dal sottostante e ininterrotto mugghiare delle onde.

«Giustizia è fatta. Procida gioiosamente si prepara alla reale caccia» scrisse qualche sera dopo il governatore, a conclusione della lettera che mandò al ministro Fogliani informandolo dei fatti e della conclusione di essi; i tre gattini, messi in un sacco, erano stati immediatamente giustiziati con la fucilazione, e i due insubordinati religiosi – purtroppo impunibili dalla reale giustizia – pubblicamente umiliati: con due mesi di esilio il prete, con altrettanti di destituzione la badessa.

Con la soddisfatta coscienza del dovere compiuto fino in fondo, quella sera serenamente prese sonno: i gatti tutti estinti e la reale volontà trionfante.

Ma alcuni giorni dopo dalla casa di un pescatore imprevedibilmente saltò fuori un altro gatto. Esemplare fu la punizione del furente governatore: messo alla gogna, il pescatore fu costretto a girare per tutta l'isola col gatto impiccato appeso al collo e, subito dopo, condannato a sette anni di galera.

La rivolta dei procidani, che senza distinzione di ceto e condizione presero le armi, divampò furiosa contro l'implacabile governatore, chiuso per giorni nel castello assediato; ma soprattutto contro il re e il suo stolto editto: i rivoltosi approntarono due imbarcazioni, pronte, in caso di necessità, a salpare verso la Barberia, per offrire il protettorato dell'isola ai Barbareschi, meno crudeli di un re che per salvare i suoi fagiani lasciava divorare i suoi sudditi dai topi.

Postfatto

Ad eccezione dell'ossessiva passione per la caccia, Carlo di Borbone non diede mai nella sua vita segni di squilibrio, lodato anzi dagli storici – anche da uno fieramente antiborbonico, come l'immaginifico Dumas – per il buon governo e l'intelligenza politica; la preoccupazione per l'interesse generale e la conservazione del suo regno – per quanto possibile, in una concezione assolutistica, col consenso dei sudditi – in lui prevalse quasi sempre su personali manie e religiose superstizioni.

Di inquisizioni, perciò, nello Stato di Napoli, non riuscì a praticarne nessuna: né quella contro streghe ed eretici che, con un colpo di mano e il suo tacito consenso, nel 1746 l'arcivescovo Spinelli, sul modello siciliano, voleva introdurre a Napoli – subito revocata davanti all'immediata insurrezione dei napoletani –, né quella contro i gatti nelle sue regie cacce. Alla notizia della rivolta procidana, l'accorto sovrano immediatamente annullò il demenziale decreto, e a Procida la vita ritornò tranquilla.

Il governatore fu trasferito – è pensabile – in altra, e più prestigiosa, sede; Don Tommaso Ferrara e la badessa – questo lo sappiamo per certo – furono pienamente reintegrati nelle loro sedi e nelle loro funzioni, riprendendo abituali impegni e settimanali colloqui.

Dell'arcano liquore e di altri odori

I

Dei tremendi rumori parigini, che in quell'ardente luglio del 1789 spalancavano a borghesi e proletari le porte della storia, poco – e a pochi – arrivava a Palermo il suono e il senso; ad accendere immaginario e conversari di nobili e plebei della felicissima città era invece lo spettacolo previsto per giovedì trenta.

Fin dalla mattina carrozze e seggiole si erano posizionate lungo tutto il tragitto che da piazza Marina, sede delle prigioni, conduceva a piazza Villena, già tutta addobbata di nero; al centro si ergevano le *furcis altiores:* le forche più alte possibile, per dare la possibilità di assistere all'esecuzione anche a chi si trovava in fondo alle vie che in essa si incrociavano.

Un grande stendardo rosso, su cui, in giallo, campeggiava la scritta *Discite iustitiam populi*, apriva la lunghissima processione, che, tra una calca indescrivibile, lentamente risaliva il Cassaro: soldati a cavallo della reale compagnia d'armi vestiti di rosso; araldi della Gran Corte con lunghe pertiche d'ebano in mano; e preti, monaci, senatori, congregati, deputazioni, avvolti in severi sai o in cappe fastosamente ricamate. E il boia in abito d'ufficio. Tra la policroma selva di abiti, insegne, croci, torce, stendardi, paramenti – su tutto a dominare – l'oro del trionfo e il nero della penitenza.

L'attesa della folla si concentrava soprattutto nel passaggio della condannata, a dorso di mulo e con le mani legate dietro la schiena: una vecchia tutta rughe e crepe, con naso a becco e mento adunco, che gettava sulla folla sguardi di proterva indifferenza. Al suo passare altissimo e contrastante era il tumulto popolare, scisso tra riprovazione e consenso: dagli uni considerata un'efferata assassina, dagli altri una misericordiosa benefattrice.

Tra questi ultimi – accovacciata su un alto sgabello in primissima fila – una donna molto anziana, che fin dal mattino ne aspettava il passaggio, sperando ardentemente che la condannata volgesse lo sguardo verso di lei. Come spinta da quel muto richiamo la vecchia si girò dalla sua parte; i loro occhi si incrociarono: un mezzo sorriso complice, che la folla scambiò per diabolico ghigno.

Un flusso di immagini passa tra occhi e occhi, nella mente della condannata correndo accelerate a frantumarsi nei dolorosi pungiglioni delle lunghe pertiche degli aguzzini; mentre pigre e grate sostano negli occhi dell'altra donna, che le grida: «Giuanna, biniriciti. U Signuri t'abbia in gloria ppu beni chi mi facisti».

Senza dolore e senza nostalgia, a distanza di tre secoli, quelle immagini approdano nella mente di una scrittora che, trafficando in cucina, le raccoglie e ricunta tra un rumore di stoviglie e un odore di *stimpirata:* frammenti di una microstoria che, risalendo dall'infanzia, eccitano papille gustative e succhi gastrici.

Si fondono ad altri odori, dilagando per pagine e stanze...

II

Salvifica *cucuzza gialla c'a stimpirata ri l'acitu*, per l'uomo che – tre anni prima di quel trenta luglio del 1789 – in un tardo pomeriggio rientrava molto turbato dalla campagna; in groppa all'asino ma senza il cane che solitamente lo seguiva, saltando, correndo, scriteriatamente abbaiando a ogni fruscio d'erba, a ogni passo, a ogni lontanissimo odore di altro cane; con grande gusto talvolta azzannando chi all'improvviso si avvicinava. Glielo avevano promesso: farà una brutta fine.

Ma non erano stati i morsicati a farglielo trovare morto.

Senza segno di arma da fuoco o bastonate, né precedente avviso di dolore o malattia – disse a sua madre, da cui anche quella sera, come ogni sera, passò. Mentre gli impiattava la verdura, la donna insistette assai – con quel suo figlio che mai vedeva il male – per sapere per filo e per segno come era andata la cosa. Un racconto lungo e dettagliato che occupò cena e dopocena.

Tutto era cominciato alla mezza, quando si accingeva a mangiare la *stimpirata* che Carmeluzza la sera prima gli aveva fatto trovare per cena. Inaspettatamente. Ché sua moglie era sempre stanca, e di lui sempre scontenta: per i pochi soldi che guadagnava; per la fontana lontanissima e le quartare che lei doveva caricarsi fino a casa; perché lui, suo marito, zotico e stonato era, e non sapeva cantare... Compare Pino invece...

Quella pietanza perciò lo aveva reso felice, ma non aveva potuto mangiarne nemmeno un pezzetto; l'odore non era quello di vapore d'aceto e zucca fritta, che svegliava anche i morti: c'era, dentro, come qualcosa di bruciato, di andato a male. E senza quell'odore per lui non c'era stimpirata. Non volendo mortificarla, le aveva detto solo la parte non offensiva della verità: che era sazio; non sapendo di quella sua attenzione culinaria, per non disturbarla, come spesso faceva era rimasto a mangiare da sua madre. L'avrebbe mangiata in campagna il giorno dopo. Ma, quel giorno, alla mezza, appena messo in bocca un pezzetto, l'aveva subito risputato, non trovando il sapore agrodolce che s'aspettava, ma un retrogusto amarognolo, come di cicoria o erba bianca. Aveva lasciato perdere, accontentandosi di un pezzo di pane bagnato nel quartino, che il padrone ogni giorno passava a tutti i lavoranti. Il cane invece voracemente tutta la ingoiò, correndo poi felice e guaiolante per la campagna. L'aveva perso di vista tutto il pomeriggio, e, all'avemaria, sul punto di ritornare in paese, lo aveva cercato per tutta la campagna, ritrovandolo infine galleggiante nella gebbia.

A quel racconto la madre si segnò e risegnò, raccomandando al figlio – per amore suo e di Dio – di far finta di niente con la moglie, ma di non toccare nemmeno l'acqua, a casa sua, fino a quando non l'autorizzava lei; perché «c'è acitu e acitu», e quello usato da Carmeluzza senza volerlo poteva essere dannifico.

«Meno male che sei di naso così fino per la stimpirata! Con un'altra pietanza, forse non saresti qui a contarmi la cosa» concluse la donna, ricordando che, fin da piccolo, lui andava pazzo per quel piatto; attaccato alla sua veste ne seguiva eccitato la preparazione: un'incontenibile esultanza infantile, che esplodeva quando nella padella – tra spicchi d'aglio, olive nere e zucca fritta – versava un mezzo bicchiere di aceto. Che inondava di un inconfondibile odore casa, gola, narici: e lui saltava, gridava, mugolava di piacere. E non c'era pane che gli bastasse per accompagnarla.

Dopo una settimana la madre lo rassicurò: poteva stare tranquillo con la moglie. Era tutto a posto.

III

Quello stesso giorno la nuora ricevette l'inaspettata visita della suocera, che le appalesò la sua contentezza per la ritrovata armonia coniugale; pregandola di accettare, in segno di benevolenza, un tabarè di dolcetti alla mandorla, da lei stessa preparati, che le avrebbe fatto avere la mattina seguente.

Il tabarè di fragranti pastine – di cui la giovane donna era ghiottissima – era veramente enorme; ne mise da parte alcune per il marito, che quella sera non sarebbe ritornato dalla campagna, e festeggiò l'evento con compare Pino, ridendo entrambi fino alle lacrime mentre lei gli riferiva la conversazione avuta con la suocera.

Una dopo l'altra, le fecero fuori tutte. Mentre distesi sul pagliericcio cominciavano a fare l'amore, accusarono i primi sintomi; crampi che, diventando sempre più forti, costrinsero l'uomo a ritornarsene velocemente a casa sua.

«Che quella buttanazza di mia suocera...» fu

uno degli ultimi pensieri di Carmeluzza mentre perdeva per sempre conoscenza.

Fu un funerale povero, ma con grande compianto di bizzocche, vicinato e parenti, che non si sorpresero affatto della simultanea scomparsa di Pino e Carmeluzza; andavano così d'accordo – sussurravano sibillini – che anche nella morte si sono chiamati l'uno con l'altro.

Per conforto di madre quella sera Rosa preparò una grande padellata di zucca gialla stemperata con l'aceto per il suo inconsolabile figlio, mentre gli raccontava dell'«arcano liquore aceto» che uccideva gli uomini «in pochi dì, ma con tutto l'agio di nettar l'anima dai peccati e pigliare i Sacramenti: da nessuno si conoscerà mai di che morte si muoia», come le aveva assicurato la pia magara della Zisa. Lei gliene aveva chiesto subito una dose massiccia: doveva battere nel tempo la nuora. Buono per com'era suo figlio non avrebbe resistito alle sue pressioni, finendo fatalmente col mangiare qualcosa.

Benché non si vedessero da quasi sessant'anni, la prima volta che si erano incontrate, si erano riconosciute subito, subito ritrovando la confidenza di un tempo; inseparabili *amiche del cuore*, avevano trascorso infanzia e adolescenza nel piccolo villaggio rurale da dove, appena maritata, lei era andata via. Perdendosi totalmente di vista.

Giovanna le aveva fatto grandissima festa, facendole pagare solo tre tarì invece dei sei che chiedeva a tutti; e solennemente giurandole inoltre che avrebbe consegnato innocua acqua colorata a Carmeluzza; da lì a qualche giorno sarebbe infatti venuta da lei a ritirare la seconda e definitiva dose.

Non sapendo che dovevano servire per il figlio della sua vecchia amica d'infanzia, la prima volta le aveva dato due ampolle dell'arcano liquore aceto. Per convincerla a venderglielo – perché lei solo per una giusta causa lo forniva – la giovane donna le aveva raccontato una tremenda storia di violenze e maltrattamenti. E lei si commuoveva tanto a quelle storie.

IV

Durante il processo Giovanna Bonanno, detta *la vecchia dell'aceto*, rivendicò con forza la solidarietà femminile, come motivazione a monte del suo operato, avendo aiutato – in quei tempi senza divorzio né separazione – tante povere donne a liberarsi dalla schiavitù coniugale, e, sebbene più raramente, anche qualche marito; una complicità che le aveva consentito di passare senza difficoltà economiche e con serenità gli ultimi anni della sua vecchiaia. Tanti furono i delitti confessati, ma tantissimi quelli taciuti, e tra essi anche la morte, *cum veneno propinato*, di compare Pino e commare Carmeluzza.

Estremamente grati per quel silenzio, i tanti beneficati sperarono fino all'ultimo che un miracoloso intervento divino sospendesse l'ingiusta esecuzione di quella che, tra il 1786 e il 1788, aveva fatto giustizia di mogli buttane e compari traditori. Pregando per l'anima della loro benefattrice, ripetevano quella stessa formula con cui lei siglava la positiva conclusione di ogni suo terapeutico intervento di coppia: «U signuri ci pozza arrifriscari l'armicedda!».

V

Tutto invece si svolse regolarmente e con grande esultanza di popolo, che a lungo applaudì il ben fatto lavoro del boia, e l'esaltante conclusione dello spettacolo, dalla fine dell'Inquisizione, nel 1782, diventato piuttosto infrequente.

Ma non si dovette aspettare a lungo, a Palermo; pochi anni dopo – nel Piano di Santa Teresa – una grande folla assistette all'esecuzione di Francesco Paolo Di Blasi, e degli altri congiurati: tra i pochi, in Sicilia, a cui erano arrivati il suono e il senso di quei tremendi rumori parigini del 1789, mettendosi anch'essi in cammino verso la città futura, il cui percorso la *Dichiarazione dei diritti dell'uomo e del cittadino* – promulgata nell'agosto del 1789 – quell'anno indicava.

E dopo di loro – dal secolo dei Lumi fino alle soglie del terzo millennio – altri, e altri ancora: a resistere, a testimoniare. Per trasformarla in vita l'utopia. Ma qui si ferma – in questa omologazione di pensiero e consumi – ogni profumo di diversità.

VI

Tuttavia – confuso ad altri odori: quello del caffè di mia madre, che svegliava tutta la casa la mattina; o quello, eccitante e remoto, della stimpirata dell'infanzia – lo sento talvolta riaffiorare tra le piastrelle della cucina, tra gli spazi bianchi della scrittura: l'odore della città smarrita, che chiede di uscire, andare per strade, aeroporti, discoteche... fare accorrere gente... risalendo invisibile dall'altra parte del mare... scalando ostinato il lato oscurato della storia...

Morte per acqua

I

Il suo pensiero non si trasmutava in armonia di pentagramma o di concetto, né si coagulava in parola: centro di un mutevole campo d'onde che dall'aria, dalla terra arrivavano a lei, l'attraversavano. In base ad esse lei distingueva il mondo e da esso si distingueva: vibrazioni, accensioni, impulsi, ora densi e profondi, ora sinuosi ed epidermici, ora terrifici e paralizzanti come il nero vibrare di ogni acqua – fiume, stagno, cisterna – che con l'urgenza di un inarrestabile precipitare l'invadeva.

Durava soltanto un attimo di un attimo perché in lei l'esperienza non diventava mai memoria, compiutezza di pensiero, conoscenza, ma era invalicabile presente, effimera percezione del suo esile corpo, della sua minuscola testa cavallina.

Deforme si sarebbe detta, se a lei si fosse applicato l'aureo canone dell'armonia e della divina proporzione che proprio in quel tempo Winkelmann teorizzava, bellissima invece se, per definirla, si fossero considerate la delicata colorazione del suo corpo, la vibratilità degli arti, e la grazia e la curiosità con cui attraversava l'esistenza: disponibile a ogni piacere, a ogni voluttà, il desiderio del nuovo tutta la faceva scintillare, alla monogamia preferendo sempre nuovi amori.

Lei non aveva nome, ma se uno ne avesse avuto, Levia sarebbe stato il più adatto alla leggerezza del suo esistere: libertina e mutevole, amava ed era amata, smemorata vivendo, nel declinare del secolo dei Lumi, la nicciana eternità dell'attimo, il fuggevole.

Inevitabile, però, la procreazione: neonati che lei svagatamente abbandonava. Si preoccupava soltanto di preparare loro un sicuro rifugio dove potessero crescere, svilupparsi, tre volte morire e tre volte rinascere dal buio della metamorfosi.

Ma più che una fatica, era un gioco. I suoi amanti, che spesso l'aiutavano, all'improvviso a sua insaputa l'accerchiavano prendendo lascivamente piacere con lei e lei con loro: era la gioia smemorata e senza crepe dell'orgasmo che, generazione dopo generazione, oscuramente innerva ogni transitoria esistenza alla vita profonda e infinita dell'universo.

II

Levia aveva trascorso una tiepida primavera – e si accingeva a trascorrervi l'estate – su un costone del versante orientale della collina, appena fuori le mura della città; di giorno scorrazzava in lungo e in largo per la campagna, di sera, paga di sesso e cibo, restava quietamente a respirare le lente e morbide ondulazioni provenienti dal blando chiarore dei lampioni che, nell'alta città, già da nove anni fugavano il buio e la paura del buio, e avevano resa amica la notte ai suoi abitanti. Era infatti diventata una serale abitudine, per dame e cavalieri, lentamente scendere in allegre brigate per la nuova strada Carolina fino ai sedili del Tondo intrecciando sguardi e clandestini amori; sistemati i cuscini sui sedili e più volte distribuiti sorbetti e bevande, i valletti attendevano poco lontano talvolta con lo sguardo assorto negli squarci di cupo rosso persistenti in fondo all'orizzonte.

Ignara del ritmo accelerato della storia, Levia restava distesa tra le alte spighe di un campo di grano cantando alla notte in felice sintonia con i compagni.

Ma una notte all'improvviso il canto s'interruppe. Nel silenzio esterrefatto della campagna si dilatarono ampie e minacciose vibrazioni, onde dolorose che sempre più si restringevano, l'accerchiavano: passi cadenzati e decisi, un fiottìo di voci basse, il crepitare infine di piccoli fuochi che presto divennero alte e ardenti fiamme.

I più lenti arsero sibilando, attorcendosi. Gli altri fuggirono senza fermarsi, né mai voltarsi indietro.

Quando la città scomparve del tutto e di essa non percepì più suono, colore, vibrazione, Levia capì che la tiepida e molle primavera era finita, e la calura dell'estate e il buio dell'autunno da un'altra parte del mondo la chiamavano.

Fu una fuga interminabile attraverso valli, monti, città della prima Sicilia e della seconda; poi ancora oltre, attraverso le insidie delle sonnolenti paludi pontificie che i fuggitivi con terrore oltrepassarono, a fatica sottraendosi al nero e malioso richiamo dell'acqua. Si fermarono infine nelle tranquille e solitarie colline del Granducato, ma riprese le forze dopo qualche tempo ripartirono: un'oscura forza li attraeva verso il cuore dell'Europa che, a Parigi, quell'estate batteva convulso.

Durante quella sosta Levia aveva intrecciato nuovi ed effimeri amori: vibrava e correva controvento confusa al grano, al vento, al sesso dell'amante.

Sommersi nell'immemore presente l'incendio, la fuga, il nero gorgo.

III

Il viaggio ebbe termine in una campagna di segale e d'orzo, vicino Saint-Denis: un posto sicuro e abbastanza distante dalla trafficatissima rotabile tra Parigi e Versailles.

A Levia tutto, in quel luogo, sembrò misterioso e intrigante, soprattutto le aggrovigliate vibrazioni, gli sconosciuti barbaglii che in ampie volute si propagavano da un invisibile centro.

Per giorni, trascurando amori e cibo, cercò inutilmente di identificarli finché un irrefrenabile impulso la spinse a lasciare i compagni in cerca del loro ignoto centro di provenienza.

Fu attratta dai tetti rossi di una grande città che attraversò, fermandosi infine in una grande piazza.

«Justice, Pain, Égalité!» gridava in quel momento il birraio Santerre e insieme a lui tutta la folla – plebei, soldati, mercanti, ma soprattutto artigiani armati di pale, falci, forconi, fucili o semplici bastoni – che, superato il fossato, appiccò il fuoco alla medievale e turrita Bastiglia: inestinguibile grido e inesorabili fiamme che, da quella piazza trasbordando, risalirono come rifratta eco l'ascendente millennio.

Ma per Levia tutto questo non era parola, né visione, né previsione, solo cerchi, vortici, pulsanti radiazioni di un ignoto reale fuori campo: quel mondo della storia da cui la sua animalità la escludeva, ma la cui sconosciuta pressione sentiva in ogni cellula del suo corpo, come se la forza d'urto di quel 14 luglio volesse spezzare anche le ferree leggi della natura, giungere alle creature minime, lanciare anch'esse nell'appassionato tumulto.

Sbattuta dagli urti di quel tremendo campo d'onde riuscì con un estremo slancio a regredire da grondaia a grondaia, da tetto a tetto, da palazzo a palazzo fino ad esserne fuori.

Ritornò dai suoi compagni e con loro, senza mai più avventurarsi nella fatale città, rimase ad attendere la fine dell'estate, continuando ancora a cantare alla notte, ma era ogni notte una sintonia sempre più flebile e disperata: una sorta di irreversibile vuoto cresceva sempre più, sempre più assumendo le liquide e oscure sembianze dell'acqua.

Alla fine d'agosto – quel giorno a Parigi, tra l'esultanza popolare, l'Assemblea Costituente proclamava la Dichiarazione dei Diritti dell'uomo e del cittadino – un cieco istinto spinse Levia a gettarsi, insieme ai suoi compagni, in uno stagno nei pressi di Saint-Denis, con una collettiva morte per acqua portando a compimento il suo oscuro destino senza storia.

Era una cavalletta che leggera e fuggevole transitò nell'esistenza, tra la primavera e l'autunno del 1789.

Notizie

I singoli racconti assemblati in questa raccolta sono già stati variamente editi: il primo a essere pubblicato è stato, nel 1994, *Correva l'anno 1698 e nella città avvenne il fatto memorabile* (Sellerio, «Il divano»); a cui in *Piccole cronache di un secolo* (Sellerio, «Quaderni della Biblioteca siciliana di storia e letteratura») hanno fatto seguito – alternandosi a quelli scritti da Domenico Amoroso – *Delle fiamme, dell'amore*, *La donna pittora*, *Lo splendore del niente* e *Morte per acqua*. In un libro collettivo di racconti per Procida è uscito nel 2010 *I gatti dell'isola nomade* (ed. ADM); e nel 2014 – nelle *Storie in trentaduesimo* delle edizioni Dante & Descartes di Raimondo Di Maio – *Dell'arcano liquore e di altri odori*.

Diverse le protagoniste di queste storie, ma unica l'attrice: la donna, che sotto vari nomi e differenti modalità esistenziali nel corso di un secolo – il Settecento – si mette in scena tra microstoria e grande storia, coazione sociale e bisogno di libertà.

Delle fiamme, dell'amore

Tra gli innumerevoli cronisti caltagironesi del terremoto del 1693 – esaustivo è a tal proposito il Bollettino

n. 1 «Terraemotus» della Società Calatina di Storia Patria e Cultura – solo Antonio Boscarelli nella sua relazione sull'evento e Francesco Aprile in *Della Cronologia Universale della Sicilia* (Palermo 1725) narrano del furioso incendio e «del memorabile esempio di amore coniugale». Il primo registra l'accaduto in modo sbrigativo, il secondo più ampiamente e con un grande pathos descrittivo; descrittività che talvolta ho letteralmente citato, integrandola nella testualità del racconto.

Nessuno dei due però cita i nomi dei protagonisti della «lacrimevole sciagura»: il mastro carpentero e sua moglie restano anonimi individui di un'anonima folla. Viene invece indicato il cognome della nobile famiglia Landolina che in quell'incendio perse la sua ricca e sontuosa mobilia: la vita umana in quel tempo – ma anche in questo – meno memorabile del valore delle cose.

Correva l'anno 1698 e nella città avvenne il fatto memorabile

Correva l'anno... è la desueta e affabulante espressione con cui i cronisti, un tempo, iniziavano le loro narrazioni. Più o meno così comincia anche la registrazione della *Grande Coriosità dell'uomo-fimmina* del cronista Francesco Polizzi; Francesco in realtà si chiamava, non Giacomo: un'alterazione testuale che mi è sembrata opportuna, essendo Francisca il nome della protagonista. E se Giacomo non ebbe moglie, il più concreto Francesco ne ebbe due; la sua unica fedeltà fu la scrittura:

per quarant'anni, fino alla fine della sua vita, dedito a compilare la sua cronaca e a registrare, come segretario, gli *Annali* della Congregazione dell'Immacolata a cui apparteneva.

La storia del travestimento di Francisca - di poche pagine - fu raccolta e pubblicata, per la prima e unica volta, da Mario Mandalari in *Ricordi di Sicilia* (Cav. Nicolò Giannotta Editore, Catania 1897). Essa mi fu indicata dall'allora direttore della biblioteca di Caltagirone, il compianto Rino Rocco Russo, insieme ad altri bellissimi e inediti frammenti - sempre intriganti storie di vita - della dispersa cronaca del Polizzi, trascritti in una minutissima scrittura ottocentesca e mai stampati.

Oltre alle citazioni, anche singoli termini - *hominigno*, *bresbiglio*, *Coriosità*, ecc. - sono stati tratti da quella cronaca e integrati nel corpo del testo, così come in esso è stata introiettata una similitudine, straordinariamente intensa, di Paolo Aliotta, «L'acqua della cisterna gorgogliava e rumoreggiava come marina tempesta»; davanti al terrifico scatenarsi della natura le capacità percettive del maestro dei Minoriti Conventuali di San Francesco - e modesto cronista calatino - sembrano poeticamente, inaspettatamente, dilatarsi.

Correva l'anno 1698 e nella città avvenne il fatto memorabile è la mia prima opera in prosa: a spingermi a scriverla e a farmi superare i dubbi sulle mie capacità narratorie - arduo per me il passaggio dalla poesia alla prosa - è stata Elvira Sellerio, a cui avevo raccontato quella storia.

A lei, la sempreviva signora delle storie, con gratitudine e nostalgia dedico questa raccolta.

La donna pittora

Il soprannaturale ritrovamento di una sacra effigie è un topos tipico della religiosità barocca che si ripete quasi con un identico schema in tutti i luoghi: il sonno, il sogno rivelatore, l'immagine che risale dall'acqua o dalla terra. A Caltagirone ci furono entrambi i rinvenimenti: nell'acqua, verso la fine del Cinquecento, l'immagine della Madonna; nella terra, il gennaio del 1708, quella del Crocifisso.

L'agiografia ufficiale di quest'ultimo ritrovamento – costruita nella seconda metà del Settecento dall'arcidiacono Monsignor Strazzuso e ripresa nell'Ottocento da Monsignor Velardita – espunge, come superflui alla soprannaturale paradigmaticità dell'evento, il servo Giacomo Taglieri e la donna pittora. Unico protagonista, misticamente assunto nell'immateriale atemporalità dove il soprannaturale si manifesta, diventa Antonio Centorbi, il sognante.

Resta per fortuna il breve ma emozionato resoconto del canonico Taranto, testimone oculare dell'evento, ricopiato e tramandato da Vincenzo Aprile in *Notizia di Caltagirone sacra*, opera che si trova, inedita e piuttosto malridotta, nella Biblioteca Comunale.

In quelle poche pagine il canonico Taranto racconta sia la notturna discesa di Giacomo Taglieri che disseppellisce i frammenti della sacra immagine, sia lo smarrimento di un'anonima donna pittora che, caduta in trance per l'emozione, senza coscienza miracolosamente li ricompose e restaurò; in esse viene anche restituita l'umanissima religiosità di Antonio Centorbi, più superstiziosamente impaurito che religiosamente esaltato dalle notturne visioni: temeva che Dio l'avrebbe punito con la morte se non avesse obbedito ai suoi onirici comandi. Ma restio a ogni inutile spreco di beni ed energie, mandò il suo servo a verificarne la veridicità. Non diventerà mai né santo, né beato, né miracolante mistico dalla vita esemplare.

Fattivo ed efficiente però, sul luogo del ritrovamento in meno di un anno riuscì a far erigere una chiesa con un piccolo romitorio, che da lì a poco diventerà il Santuario del Soccorso, con ostinazione chiedendo – e finalmente nel 1717 da Vittorio Amedeo di Savoia, in quegli anni re di Sicilia, ottenendo – l'apertura di un'annuale fiera settembrina di viveri e bestiame. Nel frattempo Antonio Centorbi continuerà pacificamente e senza traumi a occuparsi dei suoi affari e a cercar moglie; ne ebbe infatti quattro in tutta la sua lunga vita che serenamente nel 1731 avrà termine.

Lo splendore del niente

Due, i *servi di Dio* caltagironesi.

Ancora oggi molto venerato – con ex voto, fiori, candele e apposite orazioni – padre Innocenzo Marcinnò, nel frattempo asceso a *Venerabile*, vissuto tra la fine del Cinquecento e la prima metà del Seicento; esponente dell'Ordine dei frati minori cappuccini, di cui per sette anni fu ministro generale, fu mandato da papa Innocenzo X come autorevole mediatore di pace tra Francia e Spagna in guerra.

Di Ignazia Perremuto, anche lei serva di Dio – ma donna senza potere, e non sostenuta da un ordine monastico – si è persa invece ogni traccia nella memoria collettiva locale; ho saputo della sua esistenza da un libriccino casualmente trovato anni fa nella Biblioteca Comunale, *La vita della ben'avventurata serva di Dio Ignazia Perremuto*, pubblicato nel 1780.

Molti ancora oggi a Caltagirone ritengono che l'anonimo biografo sia da identificarsi con un fratello di Ignazia, canonico della Basilica di San Giacomo. In realtà il libro pubblicato nel 1780 a Caltagirone è la riedizione della stessa biografia già pubblicata a Palermo nel 1755, di cui autore è il gesuita Padre Ignazio Antonio Mancuso – a darne notizia è Alessio Narbone nella sterminata *Bibliografia sicula*.

Per la conoscenza profonda e diretta dell'anima e degli scritti di Ignazia Perremuto il biografo può plausibilmente identificarsi con il suo direttore spirituale. Nessuna certezza però. Per tale ragione, con una lieve alterazione sillabica – quell'alterazione da cui nasce e si sviluppa la fiction storica – in questo racconto è stato chiamato Antonio Macusi.

I gatti dell'isola nomade

Ce ne sono tante in giro, ancora oggi, di leggi stranissime ed esilaranti. E a prima vista del tutto insensate.

Lungo l'elenco, riportato qualche tempo fa in un numero di «Donna Moderna»: in Alabama, per esempio, è vietato passeggiare con un gelato in tasca, in Germania camminare abbracciati a un cuscino, mentre è assolutamente interdetto ai monaci buddisti cinesi reincarnarsi senza uno speciale permesso governativo.

Non deve dunque sorprendere che, in tempi di assolutismo, nelle regie riserve di caccia del Regno di Napoli fu decretata la soluzione finale dei gatti, la caccia essendo non solo uno svago, ma fortemente rappresentativa del prestigio e della dignità regia; perciò accuratamente protetta e rigidamente formalizzata. Da qui bandi e interdetti per proteggere la selvaggina, riservata solo ai reali fucili; multe e carcere per chi, nelle regie riserve, uccideva qualcuno degli animali da cacciare; e, a Procida, il decreto di morte per i gatti, particolarmente golosi di fagiani.

A riportare la notizia è Alessandro Dumas in *I borboni di Napoli* (1864), ma a darne una più dettagliata precisazione è Michelangelo Schipa, che – ne *Il Regno di Napoli al tempo di Carlo di Borbone* (Stab. Tip. Luigi Pierro e figlio, Napoli 1904) – riferisce l'episodio di questo racconto, insieme ai nomi dei protagonisti: la badessa suor Sebastiana Willar, il sacerdote D. Tommaso Ferrara, e il governatore Domenico Pattolini. Questi, più realista del re, l'8 gennaio del 1755, scrivendo al ministro Fogliani, orgogliosamente rivendicava l'opera compiuta: la morte dei tre gattini del Conservatorio, che «facendosi scappare ad una ad una» – precisa – «ho ucciso io proprio a schioppettate». Il 2 marzo affiderà invece a un *birro* l'incarico di uccidere il gatto «tutto bianco con una macchia cannella sul capo», che i Domenicani di Santa Margherita tenevano nascosto; un episodio, quest'ultimo, che per pure ragioni espressive ho anticipato temporalmente rispetto a quello oggetto del racconto. Spostata anche la stagione, che non era la primavera, ma il freddoso autunno del 1754.

Dell'arcano liquore e di altri odori

Trasformare il bisogno in bellezza, la povertà dell'insipido vegetale in avvolgente odore, è l'elemento caratterizzante della cucina popolare siciliana, ricchissima di verdure; a volte cucinate da sole, a volte in mescolanza con altri vegetali, o con aggiunta di olive, uova, pezzetti di formaggio, frutta secca - tutto ciò che, nell'autarchico mondo contadino, era a portata di pentola. Soffritte, al forno, in agrodolce, o stemperate con vino o aceto, l'odore degli elaboratissimi piatti di verdura dilaga in ogni angolo della casa accendendo papille gustative e dopamina.

Deliziosamente intenso è quello della *cucuzza c'a stimpirata ri l'acitu,* un piatto a base di zucca gialla affettata, infarinata e fritta, a cui viene aggiunto un soffritto di aglio e olive nere, il tutto infine stemperato con un po' d'aceto. Ma c'è aceto e aceto!

A base di vino e arsenico era quello che Giovanna Bonanno vendeva alle sue clienti, quasi tutte donne. Mescolato al cibo il suo aceto risolveva, una volta per tutte, i problemi coniugali: mariti violenti, incompatibilità di carattere, un amante che l'interessata voleva sposare. Non esistendo il divorzio, interveniva lei, Giovanna: la stessa solidarietà con le donne intrappolate nel matrimonio, rivendicata quasi un secolo e mezzo prima da un'altra avvelenatrice seriale palermitana, Giulia Tofana.

Tanti gli scrittori e i ricercatori che si sono occupati, nel passato e nel presente, della *vecchia dell'aceto*, come venne chiamata Giovanna Bonanno: da Salvatore Salomone Marino in *Leggende popolari siciliane in poesia* (Palermo 1880), al romanzo di William Galt, pseudonimo di Luigi Natoli, *La vecchia dell'aceto* (Palermo 1927), a *Mariti e pidocchi. Storia di un processo e di un aceto miracoloso* di Giovanna Fiume (Ed. XL, Roma 2008).

Fino all'avvento dell'omologazione linguistica nazionale – che ha impoverito se non cancellato l'intensità espressiva dei dialetti – *la vecchia dell'aceto* ha continuato ininterrottamente a essere viva nella memoria collettiva: sprezzante appellativo rivolto a insopportabili suocere o intriganti vicine.

Morte per acqua

«Meraviglia veramente religiosa. Nell'infinito materiale che si apre sotto i miei occhi vedo un rassicurante infinito morale» scriveva ne *L'insetto*, pubblicato a Parigi nel 1857, Jules Michelet – grandissimo storico della Rivoluzione francese, ma anche affascinato osservatore di insetti, uccelli, pesci, montagne – che con la stessa tensione sentimentale e intellettuale amò e indagò la storia e la natura.

Se nel disprezzato e marginale mondo degli insetti Michelet vide religiosamente rilucere bellezza e amore, intelligenza e creatività che, per lui, nell'esemplare organizzazione sociale comunitaria di api e formiche trovano la più alta sintesi, il grande entomologo Jean-Henri Fabre, qualche decennio dopo, vedrà nell'insetto e nelle sue misteriose metamorfosi un enigma che, al di là di ogni apparente e chiara formulazione teorica, resta nella sua essenza vitale indecifrato.

La vita effimera e metamorfica dell'insetto, soprattutto delle cavallette, affascinò anche il caltagironese Biagio Crescimone, membro della Società linneana di Parigi, della gioienia di Catania, ecc., che nel 1833, per la tipografia Montalto, diede alle stampe il libro *Osservazioni sulla vita delle cavallette e sui mezzi per distruggerle*.

In Sicilia – e, nello specifico, a Caltagirone – frequentissime furono infatti nei secoli passati le invasioni di cavallette – le bibliche locuste – per gli esseri umani doppiamente calamitose: da vive fameliche sterminatrici di ogni raccolto, da morte – ammorbando l'aria e appestando l'acqua di stagni, fiumi, torrenti dove andavano a gettarsi – causa di letali epidemie. Continua fu perciò la guerra tra uomini e cavallette, di cui a volte resta memoria scritta: epica ad esempio quella contro l'invasione del 1789 che desolò le campagne del Val Demone e del Val di Noto, vittoriosamente condotta dal barone Silvio Bonanno di Rosabia.

All'invasione di cavallette che durò tre anni, dal 1829 al 1831, e agli uomini e ai mezzi che «la Commissione per l'estirpazione delle cavallette» approntò, si riferisce il libro di Biagio Crescimone che, però, più che ai mezzi e alle tecniche per la loro distruzione – sempre tuttavia coscienziosamente riferiti –, sembra vivamente interessato alle loro abitudini di vita: una felice dimensione di libertà rispetto alla condizione umana, dolorosamente compressa da responsabilità e pregiudizi.

Con stupore e ammirazione – ma anche con una sorta di malinconica nostalgia, di affettuosa invidia – osserva a tal proposito: «Le cavallette estinguono la loro libidine, e non conoscono gli strali della gelosia, vivono in società e non si disturbano colla guerra, trovano dei cibi e placidamente li divorano, non s'infastidiscono per l'allevamento della prole, non fatigano per le provvisioni... Insomma breve è la loro vita, ma in maggior parte felice».

Indice

Questo volume è stato stampato
su carta Grifo vergata
delle Cartiere di Fabriano
nel mese di marzo 2020

Stampa: Officine Grafiche soc. coop., Palermo

Legatura: LE.I.MA. s.r.l., Palermo

La memoria

Ultimi volumi pubblicati

901 Colin Dexter. Niente vacanze per l'ispettore Morse
902 Francesco M. Cataluccio. L'ambaradan delle quisquiglie
903 Giuseppe Barbera. Conca d'oro
904 Andrea Camilleri. Una voce di notte
905 Giuseppe Scaraffia. I piaceri dei grandi
906 Sergio Valzania. La Bolla d'oro
907 Héctor Abad Faciolince. Trattato di culinaria per donne tristi
908 Mario Giorgianni. La forma della sorte
909 Marco Malvaldi. Milioni di milioni
910 Bill James. Il mattatore
911 Esmahan Aykol, Andrea Camilleri, Gian Mauro Costa, Marco Malvaldi, Antonio Manzini, Francesco Recami. Capodanno in giallo
912 Alicia Giménez-Bartlett. Gli onori di casa
913 Giuseppe Tornatore. La migliore offerta
914 Vincenzo Consolo. Esercizi di cronaca
915 Stanisław Lem. Solaris
916 Antonio Manzini. Pista nera
917 Xiao Bai. Intrigo a Shanghai
918 Ben Pastor. Il cielo di stagno
919 Andrea Camilleri. La rivoluzione della luna
920 Colin Dexter. L'ispettore Morse e le morti di Jericho
921 Paolo Di Stefano. Giallo d'Avola
922 Francesco M. Cataluccio. La memoria degli Uffizi
923 Alan Bradley. Aringhe rosse senza mostarda
924 Davide Enia. maggio '43
925 Andrea Molesini. La primavera del lupo

926 Eugenio Baroncelli. Pagine bianche. 55 libri che non ho scritto
927 Roberto Mazzucco. I sicari di Trastevere
928 Ignazio Buttitta. La peddi nova
929 Andrea Camilleri. Un covo di vipere
930 Lawrence Block. Un'altra notte a Brooklyn
931 Francesco Recami. Il segreto di Angela
932 Andrea Camilleri, Gian Mauro Costa, Alicia Giménez-Bartlett, Marco Malvaldi, Antonio Manzini, Francesco Recami. Ferragosto in giallo
933 Alicia Giménez-Bartlett. Segreta Penelope
934 Bill James. Tip Top
935 Davide Camarrone. L'ultima indagine del Commissario
936 Storie della Resistenza
937 John Glassco. Memorie di Montparnasse
938 Marco Malvaldi. Argento vivo
939 Andrea Camilleri. La banda Sacco
940 Ben Pastor. Luna bugiarda
941 Santo Piazzese. Blues di mezz'autunno
942 Alan Bradley. Il Natale di Flavia de Luce
943 Margaret Doody. Aristotele nel regno di Alessandro
944 Maurizio de Giovanni, Alicia Giménez-Bartlett, Bill James, Marco Malvaldi, Antonio Manzini, Francesco Recami. Regalo di Natale
945 Anthony Trollope. Orley Farm
946 Adriano Sofri. Machiavelli, Tupac e la Principessa
947 Antonio Manzini. La costola di Adamo
948 Lorenza Mazzetti. Diario londinese
949 Gian Mauro Costa, Alicia Giménez-Bartlett, Marco Malvaldi, Antonio Manzini, Francesco Recami. Carnevale in giallo
950 Marco Steiner. Il corvo di pietra
951 Colin Dexter. Il mistero del terzo miglio
952 Jennifer Worth. Chiamate la levatrice
953 Andrea Camilleri. Inseguendo un'ombra
954 Nicola Fantini, Laura Pariani. Nostra Signora degli scorpioni
955 Davide Camarrone. Lampaduza
956 José Roman. Chez Maxim's. Ricordi di un fattorino
957 Luciano Canfora. 1914
958 Alessandro Robecchi. Questa non è una canzone d'amore

959 Gian Mauro Costa. L'ultima scommessa
960 Giorgio Fontana. Morte di un uomo felice
961 Andrea Molesini. Presagio
962 La partita di pallone. Storie di calcio
963 Andrea Camilleri. La piramide di fango
964 Beda Romano. Il ragazzo di Erfurt
965 Anthony Trollope. Il Primo Ministro
966 Francesco Recami. Il caso Kakoiannis-Sforza
967 Alan Bradley. A spasso tra le tombe
968 Claudio Coletta. Amstel blues
969 Alicia Giménez-Bartlett, Marco Malvaldi, Antonio Manzini, Francesco Recami, Alessandro Robecchi, Gaetano Savatteri. Vacanze in giallo
970 Carlo Flamigni. La compagnia di Ramazzotto
971 Alicia Giménez-Bartlett. Dove nessuno ti troverà
972 Colin Dexter. Il segreto della camera 3
973 Adriano Sofri. Reagì Mauro Rostagno sorridendo
974 Augusto De Angelis. Il canotto insanguinato
975 Esmahan Aykol. Tango a Istanbul
976 Josefina Aldecoa. Storia di una maestra
977 Marco Malvaldi. Il telefono senza fili
978 Franco Lorenzoni. I bambini pensano grande
979 Eugenio Baroncelli. Gli incantevoli scarti. Cento romanzi di cento parole
980 Andrea Camilleri. Morte in mare aperto e altre indagini del giovane Montalbano
981 Ben Pastor. La strada per Itaca
982 Esmahan Aykol, Alan Bradley, Gian Mauro Costa, Maurizio de Giovanni, Nicola Fantini e Laura Pariani, Alicia Giménez-Bartlett, Francesco Recami. La scuola in giallo
983 Antonio Manzini. Non è stagione
984 Antoine de Saint-Exupéry. Il Piccolo Principe
985 Martin Suter. Allmen e le dalie
986 Piero Violante. Swinging Palermo
987 Marco Balzano, Francesco M. Cataluccio, Neige De Benedetti, Paolo Di Stefano, Giorgio Fontana, Helena Janeczek. Milano
988 Colin Dexter. La fanciulla è morta
989 Manuel Vázquez Montalbán. Galíndez

990 Federico Maria Sardelli. L'affare Vivaldi
991 Alessandro Robecchi. Dove sei stanotte
992 Nicola Fantini e Laura Pariani, Marco Malvaldi, Dominique Manotti, Antonio Manzini, Francesco Recami, Gaetano Savatteri. La crisi in giallo
993 Jennifer. Worth. Tra le vite di Londra
994 Hai voluto la bicicletta. Il piacere della fatica
995 Alan Bradley. Un segreto per Flavia de Luce
996 Giampaolo Simi. Cosa resta di noi
997 Alessandro Barbero. Il divano di Istanbul
998 Scott Spencer. Un amore senza fine
999 Antonio Tabucchi. La nostalgia del possibile
1000 La memoria di Elvira
1001 Andrea Camilleri. La giostra degli scambi
1002 Enrico Deaglio. Storia vera e terribile tra Sicilia e America
1003 Francesco Recami. L'uomo con la valigia
1004 Fabio Stassi. Fumisteria
1005 Alicia Giménez-Bartlett, Marco Malvaldi, Antonio Manzini, Santo Piazzese, Francesco Recami, Gaetano Savatteri. Turisti in giallo
1006 Bill James. Un taglio radicale
1007 Alexander Langer. Il viaggiatore leggero. Scritti 1961-1995
1008 Antonio Manzini. Era di maggio
1009 Alicia Giménez-Bartlett. Sei casi per Petra Delicado
1010 Ben Pastor. Kaputt Mundi
1011 Nino Vetri. Il Michelangelo
1012 Andrea Camilleri. Le vichinghe volanti e altre storie d'amore a Vigàta
1013 Elvio Fassone. Fine pena: ora
1014 Dominique Manotti. Oro nero
1015 Marco Steiner. Oltremare
1016 Marco Malvaldi. Buchi nella sabbia
1017 Pamela Lyndon Travers. Zia Sass
1018 Giosuè Calaciura, Gianni Di Gregorio, Antonio Manzini, Fabio Stassi, Giordano Tedoldi, Chiara Valerio. Storie dalla città eterna
1019 Giuseppe Tornatore. La corrispondenza
1020 Rudi Assuntino, Wlodek Goldkorn. Il guardiano. Marek Edelman racconta
1021 Antonio Manzini. Cinque indagini romane per Rocco Schiavone

1022 Lodovico Festa. La provvidenza rossa
1023 Giuseppe Scaraffia. Il demone della frivolezza
1024 Colin Dexter. Il gioiello che era nostro
1025 Alessandro Robecchi. Di rabbia e di vento
1026 Yasmina Khadra. L'attentato
1027 Maj Sjöwall, Tomas Ross. La donna che sembrava Greta Garbo
1028 Daria Galateria. L'etichetta alla corte di Versailles. Dizionario dei privilegi nell'età del Re Sole
1029 Marco Balzano. Il figlio del figlio
1030 Marco Malvaldi. La battaglia navale
1031 Fabio Stassi. La lettrice scomparsa
1032 Esmahan Aykol, Gian Mauro Costa, Alicia Giménez-Bartlett, Marco Malvaldi, Antonio Manzini, Francesco Recami, Gaetano Savatteri. Il calcio in giallo
1033 Sergej Dovlatov. Taccuini
1034 Andrea Camilleri. L'altro capo del filo
1035 Francesco Recami. Morte di un ex tappezziere
1036 Alan Bradley. Flavia de Luce e il delitto nel campo dei cetrioli
1037 Manuel Vázquez Montalbán. Io, Franco
1038 Antonio Manzini. 7-7-2007
1039 Luigi Natoli. I Beati Paoli
1040 Gaetano Savatteri. La fabbrica delle stelle
1041 Giorgio Fontana. Un solo paradiso
1042 Dominique Manotti. Il sentiero della speranza
1043 Marco Malvaldi. Sei casi al BarLume
1044 Ben Pastor. I piccoli fuochi
1045 Luciano Canfora. 1956. L'anno spartiacque
1046 Andrea Camilleri. La cappella di famiglia e altre storie di Vigàta
1047 Nicola Fantini, Laura Pariani. Che Guevara aveva un gallo
1048 Colin Dexter. La strada nel bosco
1049 Claudio Coletta. Il manoscritto di Dante
1050 Giosuè Calaciura, Andrea Camilleri, Francesco M. Cataluccio, Alicia Giménez-Bartlett, Antonio Manzini, Francesco Recami, Fabio Stassi. Storie di Natale
1051 Alessandro Robecchi. Torto marcio
1052 Bill James. Uccidimi
1053 Alan Bradley. La morte non è cosa per ragazzine
1054 Émile Zola. Il denaro

1055 Andrea Camilleri. La mossa del cavallo
1056 Francesco Recami. Commedia nera n. 1
1057 Marco Consentino, Domenico Dodaro, Luigi Panella. I fantasmi dell'Impero
1058 Dominique Manotti. Le mani su Parigi
1059 Antonio Manzini. La giostra dei criceti
1060 Gaetano Savatteri. La congiura dei loquaci
1061 Sergio Valzania. Sparta e Atene. Il racconto di una guerra
1062 Heinz Rein. Berlino. Ultimo atto
1063 Honoré de Balzac. Albert Savarus
1064 Alicia Giménez-Bartlett, Marco Malvaldi, Antonio Manzini, Francesco Recami, Alessandro Robecchi, Gaetano Savatteri. Viaggiare in giallo
1065 Fabio Stassi. Angelica e le comete
1066 Andrea Camilleri. La rete di protezione
1067 Ben Pastor. Il morto in piazza
1068 Luigi Natoli. Coriolano della Floresta
1069 Francesco Recami. Sei storie della casa di ringhiera
1070 Giampaolo Simi. La ragazza sbagliata
1071 Alessandro Barbero. Federico il Grande
1072 Colin Dexter. Le figlie di Caino
1073 Antonio Manzini. Pulvis et umbra
1074 Jennifer Worth. Le ultime levatrici dell'East End
1075 Tiberio Mitri. La botta in testa
1076 Francesco Recami. L'errore di Platini
1077 Marco Malvaldi. Negli occhi di chi guarda
1078 Pietro Grossi. Pugni
1079 Edgardo Franzosini. Il mangiatore di carta. Alcuni anni della vita di Johann Ernst Biren
1080 Alan Bradley. Flavia de Luce e il cadavere nel camino
1081 Anthony Trollope. Potete perdonarla?
1082 Andrea Camilleri. Un mese con Montalbano
1083 Emilio Isgrò. Autocurriculum
1084 Cyril Hare. Un delitto inglese
1085 Simonetta Agnello Hornby, Esmahan Aykol, Andrea Camilleri, Gian Mauro Costa, Alicia Giménez-Bartlett, Marco Malvaldi, Antonio Manzini, Santo Piazzese, Francesco Recami, Alessandro Robecchi, Gaetano Savatteri, Fabio Stassi. Un anno in giallo

1086 Alessandro Robecchi. Follia maggiore
1087 S. N. Behrman. Duveen. Il re degli antiquari
1088 Andrea Camilleri. La scomparsa di Patò
1089 Gian Mauro Costa. Stella o croce
1090 Adriano Sofri. Una variazione di Kafka
1091 Giuseppe Tornatore, Massimo De Rita. Leningrado
1092 Alicia Giménez-Bartlett. Mio caro serial killer
1093 Walter Kempowski. Tutto per nulla
1094 Francesco Recami. La clinica Riposo & Pace. Commedia nera n. 2
1095 Margaret Doody. Aristotele e la Casa dei Venti
1096 Antonio Manzini. L'anello mancante. Cinque indagini di Rocco Schiavone
1097 Maria Attanasio. La ragazza di Marsiglia
1098 Duško Popov. Spia contro spia
1099 Fabio Stassi. Ogni coincidenza ha un'anima
1100
1101 Andrea Camilleri. Il metodo Catalanotti
1102 Giampaolo Simi. Come una famiglia
1103 P. T. Barnum. Battaglie e trionfi. Quarant'anni di ricordi
1104 Colin Dexter. La morte mi è vicina
1105 Marco Malvaldi. A bocce ferme
1106 Enrico Deaglio. La zia Irene e l'anarchico Tresca
1107 Len Deighton. SS-GB. I nazisti occupano Londra
1108 Maksim Gor'kij. Lenin, un uomo
1109 Ben Pastor. La notte delle stelle cadenti
1110 Antonio Manzini. Fate il vostro gioco
1111 Andrea Camilleri. Gli arancini di Montalbano
1112 Francesco Recami. Il diario segreto del cuore
1113 Salvatore Silvano Nigro. La funesta docilità
1114 Dominique Manotti. Vite bruciate
1115 Anthony Trollope. Phineas Finn
1116 Martin Suter. Il talento del cuoco
1117 John Julius Norwich. Breve storia della Sicilia
1118 Gaetano Savatteri. Il delitto di Kolymbetra
1119 Roberto Alajmo. Repertorio dei pazzi della città di Palermo
1120 Andrea Camilleri, Gian Mauro Costa, Alicia Giménez-Bartlett, Marco Malvaldi, Dominique Manotti, Santo Piazzese, Francesco Recami, Gaetano Savatteri. Una giornata in giallo

1121 Giosuè Calaciura. Il tram di Natale
1122 Antonio Manzini. Rien ne va plus
1123 Uwe Timm. Un mondo migliore
1124 Franco Lorenzoni. I bambini ci guardano. Una esperienza educativa controvento
1125 Alicia Giménez-Bartlett. Exit
1126 Claudio Coletta. Prima della neve
1127 Alejo Carpentier. Guerra del tempo
1128 Lodovico Festa. La confusione morale
1129 Jenny Erpenbeck. Di passaggio
1130 Alessandro Robecchi. I tempi nuovi
1131 Jane Gardam. Figlio dell'Impero Britannico
1132 Andrea Molesini. Dove un'ombra sconsolata mi cerca
1133 Yokomizo Seishi. Il detective Kindaichi
1134 Ildegarda di Bingen. Cause e cure delle infermità
1135 Graham Greene. Il console onorario
1136 Marco Malvaldi, Glay Ghammouri. Vento in scatola
1137 Andrea Camilleri. Il cuoco dell'Alcyon
1138 Nicola Fantini, Laura Pariani. Arrivederci, signor Čajkovskij
1139 Francesco Recami. L'atroce delitto di via Lurcini. Commedia nera n. 3
1140 Gian Mauro Costa, Marco Malvaldi, Santo Piazzese, Francesco Recami, Alessandro Robecchi, Gaetano Savatteri, Giampaolo Simi, Fabio Stassi. Cinquanta in blu. Otto racconti gialli
1141 Colin Dexter. Il giorno del rimorso
1142 Maurizio de Giovanni. Dodici rose a Settembre
1143 Ben Pastor. La canzone del cavaliere
1144 Tom Stoppard. Rosencrantz e Guildenstern sono morti
1145 Franco Cardini. Lawrence d'Arabia. La vanità e la passione di un eroico perdente
1146 Giampaolo Simi. I giorni del giudizio
1147 Katharina Adler. Ida
1148 Francesco Recami. La verità su Amedeo Consonni
1149 Graham Greene. Il treno per Istanbul
1150 Roberto Alajmo, Maria Attanasio, Giosuè Calaciura, Davide Camarrone, Giorgio Fontana, Alicia Giménez-Bartlett, Antonio Manzini, Andrea Molesini, Uwe Timm. Cinquanta in blu. Storie
1151 Adriano Sofri. Il martire fascista. Una storia equivoca e terribile

1152 Alan Bradley. Il gatto striato miagola tre volte. Un romanzo di Flavia de Luce
1153 Anthony Trollope. Natale a Thompson Hall e altri racconti
1154 Furio Scarpelli. Amori nel fragore della metropoli
1155 Antonio Manzini. Ah l'amore l'amore
1156 Alejo Carpentier. L'arpa e l'ombra
1157 Katharine Burdekin. La notte della svastica
1158 Gian Mauro Costa. Mercato nero